막다른 세계

막다른 세계

안수혜 지음

생각정거장

금영

친할아버지 댁

금영산

금영 계곡

금영역

성내산

길래촌

영월동

정산공원

금영공원

문화센터

럭키 아파트
〈우리집〉

금융지구

차 례

제1장

막다른 세계로 가는 방법

나무들이 두꺼운 초록 옷을 입었다. 분명 얼마 전까지만 해도 나뭇가지에 이파리가 하나둘씩 있었는데 언제 저렇게 무성해졌지? 싱그러운 풀 냄새가 교실 안에까지 나는 듯한 기분이다. 내가 가장 좋아하는 6월이다. 선생님이 읽어 주는 시를 들으며 창밖의 텅 빈 운동장과 푸른 잎을 자랑하는 나무들을 턱을 괴고 바라보며 명상하고 있었다.

똑똑. 그때 문이 열리며 고요한 나의 명상 시간을 방해했다. 나도 모르게 표정이 일그러졌다. 문 뒤로는 교감 선생님이 난처한 얼굴을 하고 계셨다.

"김 선생님, 잠깐 이수훈 학생 좀 불러 주시겠어요?"

선생님이 나를 향해 고개를 끄덕이며 나가보라는 사인을

주었다. 무슨 영문인지 모르고 조용히 뒷문으로 나간 나는 교감 선생님 옆에 서 있는 창백한 얼굴의 작은 이모를 만났다. 다른 도시에 살고 너무나 바빠 자주 보지 못했던 이모가 갑자기 학교에 나타났다.

"이모, 여긴 왜 왔어?"

왜 나를 찾아왔는지 가늠할 수 없어 어리둥절했지만 그 순간에도 뭔가 잘못되었다는 불안한 기운이 나를 사로잡았다.

"수훈아, 우리 지금 병원으로 가야 해."

이모가 떨리는 목소리로 말한 후 나를 꽉 껴안았다. 이모의 눈물이 내 머리 위로 떨어졌다.

영문도 모른 채 나는 가방을 챙겨 서둘러 이모와 함께 택시를 타고 병원으로 향했다.

무슨 정신으로 병원까지 갔는지 기억이 나질 않는다. 이모는 택시에서도 눈물을 쏟느라 나에게 어떤 이야기도 해주지 않았다. 그저 이모는 내 손을 꼭 잡고 있을 뿐이었다. 늘 여장부 같은 이모의 이런 모습이 너무나 낯설었다. 불안하고 무서웠다. 무슨 일이지 생각하면서도 상상하기 싫은 일이 벌어진 것 같아 애써 아무 생각도 하지 않으려 노력했다. 응급실 문이 열리자 한쪽에 서 있는 아빠의 커다란 등이 바로 눈에 들어왔다.

"아빠?"

아빠는 내가 부르는 소리에 뒤를 돌아보았다.

"수훈아….."

아빠는 시뻘게지고 눈물 콧물로 뒤엉킨 얼굴로 나의 이름을 애타게 불렀다. 나의 가슴이 방망이질해대기 시작했다. 아빠의 옆에는 서울에 사는 외할머니가 얼굴이 새파랗게 질려 눈물이 범벅된 얼굴로 나를 애처롭게 쳐다보았다. 응급실 침대에는 누군가 피가 묻어 있는 채로 누워 있었다. 나는 직감적으로 누워 있는 사람이 누구인지 알 것 같았다.

기억하고 싶지도, 기억이 잘 나지도 않는 그날로부터 한참이 흘렀다. 엄마는 나에게 마지막 인사는커녕 마지막 얼굴도 보여주지 않고 그렇게 나를 떠나 버렸다. 엄마의 장례가 끝나고 지금까지 나는 학교도 가지 않고 방에서 천장만 바라보며 보냈다. 때마침 여름방학이 시작되었고 아무도 나를 방해하지 않았다. 아무 생각이 나지 않고 배도 고프지 않았다.

"수훈아, 나와서 밥이라도 좀 먹고 들어가."

아빠가 방문을 두드리며 작은 소리로 말했다. 내가 대답을 하지 않자 아빠는 문을 살짝 열었다가 한숨을 쉬고는 다시 방문을 닫았다.

머릿속은 텅 비었는데 눈에서는 자꾸 눈물이 흘렀다. 엄마의 마지막 모습을 보지 못하고 그대로 기절해버린 나 자신이 너무나 미웠다. 입관식에 들어가지 못하게 해 엄마의 마지막 모습도 못 보게 한 아빠에 대한 원망도 점점 커졌다. 정말 죽는다는 건 다시는 만나지 못한다는 것일까? 고작 열두 살인 내가 다시는 엄마를 보지 못한다니. 도대체 우리 엄마는 왜 죽었을까? 왜 죽은 사람이 내 엄마여야 했을까? 도무지 이해가 되지 않는다.

우리 엄마는 이대로 영영 사라져 버렸는데, 이 세상은 여전히 잘 돌아가고 있는 걸까? 문득 궁금해져 몸을 일으켜 앉았다. 눈물과 눈곱이 엉겨 붙느라 눈을 제대로 뜰 수가 없어 세수를 좀 해야겠다는 생각에 세면대 앞에 섰다. 거울 속에 비치는 나의 모습이 너무나 낯설게 보였다. 퉁퉁 부은 눈에 울긋불긋한 피부, 무엇보다 볼이 마치 빨대로 음료를 빨아 마실 때처럼 움푹 들어가 있다.

'이 모습을 주은이가 봤다면 엄청나게 놀렸겠네.'

갑자기 이 순간에 왜 주은이가 생각났는지 모르겠다. 할머니가 무당이라는 소문이 나면서 학교에서 놀림을 받기 시작해 한참 힘들어하던 주은이를 엄마가 떠난 후에 한 번도 보지 못했다. 잘 지내고 있을까? 주은이를 걱정해주던 때로 다시 돌아가고 싶다. 그때로 돌아간다면 엄마도 살아 있을 텐데…. 두 손을 모아 물을 받아 수차례 빠르게 얼굴에 끼얹었다. 내 마음속 고통까지 물에 싹 다 지워졌으면 하는 마음으로 거칠고 세게 세수를 했다.

말끔해진 얼굴로 거실에 나와 앉았다. 내가 알던 거실과 지금 우리 집의 거실은 왠지 너무나 달라 보인다. 햇살이 잘 드는 너무나 예뻤던 우리 집 거실이 생명을 잃은 듯 컴컴하고 우울하다. 안방에서 아빠가 누군가와 전화하는 소리가 들렸고, 곧이어 아빠의 흐느끼는 소리가 점점 크게 울려 퍼졌다. 그 소리에 나도 모르게 안방 앞으로 가까이 다가가 귀를 문에다 가만히 가져다 댔다.

"다 나 때문이야…. 그날 지갑을 가져다 달라고만 하지 않았더라면 우리 선영이가 그렇게 되진 않았을 거야. 나 이제 정말 어떻게 살아야 할지 모르겠어…. 수훈이만 아니면 나도 선영이 옆으로 당장 가고 싶어."

아빠가 흐느끼며 대화하는 소리를 듣고 나는 너무 놀라 그대로 바닥에 주저앉았다. 엄마가 왜 그렇게 갑자기 가 버렸는지 알았다. 우리 엄마가 죽은 건 아빠 때문이었다.

오랜만에 울린 초인종 소리에 현관문을 열자 주은이가 어색한 말투로 인사도 없이 다짜고짜 커다란 보자기를 나에게 들이밀었다.

"뭐야?"

"할머니가 이거 가져다주라고 하셨어. 밑반찬이야."

주은이의 멋쩍은 말투와 어쩔 줄 모르는 표정에 나도 모르게 날카롭게 반응했다.

주은이를 거의 한 달 넘게 보지 못한 것은 이번이 처음이다. 주은이의 부모님이 서울로 전근 가시고는 우리 엄마의 막내딸이라도 된 듯 제집처럼 매일같이 왔었으니까 말이다. 문을 활짝 열어 들어오라는 신호를 보냈다. 주은이는 조심스럽게 신발을 벗고는 앞장서 우리 부엌으로 걸어 들어가 식탁 위에서 보자기를 풀었다. 알아서 반찬통을 냉장고에 집어넣은 후 쭈뼛쭈뼛하더니 겨우 입을 열었다.

"좀 어때? 괜찮아?"

"안 괜찮아."

나는 퉁명스레 대답했다.

"여러 번 너희 집 앞에 왔었는데 초인종을 못 눌렀어. 아줌마가 안 계신다는 게 진짜일까 봐. 더 빨리 못 와봐서 미안해."

주은이가 말을 하다 갑자기 울먹이기 시작했다.

"잘 먹을게."

나는 최대한 주은이와 얼굴을 마주치지 않고 말했다. 그때 아빠가 안방에서 푸석푸석한 얼굴로 나오다 주은이를 발견했다.

"주은이 왔니?"

"네. 아저씨, 안녕하세요?"

주은이가 작은 목소리로 조심스럽게 인사를 전했다.

"수훈아, 너도 이제 슬슬 다시 학교에 가 봐야지. 벌써 다음 주면 학교도 개학한다며. 아빠도 이제 휴직 기간이 끝나서 회사에 다시 나가봐야 해. 주은아, 월요일부터 수훈이랑 같이 학교에 갈 수 있겠니?"

아빠가 말하자 주은이는 고개를 끄덕이며 대답했다. 나는 아빠의 말에 갑자기 화가 났다. 엄마가 내 세상에서 사라져버렸는데 이제 모든 게 괜찮아졌다는 듯이 다시 학교나 가라고 하는 아빠가 너무나 미웠다. 참을 수가 없었다.

"아빠, 나 학교에 안 갈 거야. 회사에 가고 싶으면 아빠나 가세요."

내 말투는 잔뜩 성이 났다.

"그게 무슨 소리야? 엄마가 없다고 학교에 안 다닐 거야? 엄마가 하늘에서 학교도 가지 않겠다는 널 보면 기분이 어떨 거 같아? 그리고 남자애가 씩씩하지 못하게 언제까지 그렇게 약한 모습만 하고 방구석에 처박혀 있을 거야?"

아빠도 갑자기 오르는 화를 참지 못하고 소리를 높였다.

"이게 다 누구 때문인데? 다 아빠 때문이야. 엄마가 죽은 것도, 내가 이렇게 이 세상에서 가장 불쌍한 아이가 되어 버린 것도 다 아빠 때문이라고!"

나는 버럭 아빠한테 소리를 질렀다. 그렇다, 나는 한순간에 내가 아는 사람 중 가장 불쌍한 아이가 되어 버렸다. 내가 밥은 먹는지, 기분은 어떤지, 방에서 온종일 뭘 하며 시간을 보내는지 아무도 나에게 관심이 없다. 앞으로 엄마 없는 세상을 어떻게 살아야 한다고 가르쳐주는 사람도 없다. 텅 비어버린 지구에 나 혼자만 살아남은 것만 같다.

"그게 무슨 말이야, 너 지금 아빠한테 뭐라고 그랬어?"

아빠의 얼굴이 곧 폭발할 것처럼 시뻘겋게 달아올랐다. 아빠는 숨을 가쁘게 쉬었다.

"엄마 대신 아빠가 죽지 그랬어! 이게 다 아빠 때문이잖아."

나는 더 큰 목소리로 소리를 지르며 주은이 팔을 잡아끌고 집 밖으로 나왔다. 주은이는 얼떨결에 신발도 제대로 못 신고

끌려 나왔다. 아빠가 혹시나 쫓아올까 봐 급하게 엘리베이터를 호출했다. 1층 버튼을 누르고 격하게 '닫힘' 버튼을 연속으로 누른 다음 신발을 고쳐 신었다.

"야, 이수훈, 괜찮아?"

주은이가 엘리베이터 안에서 조심스레 내 눈치를 살피며 말했다.

엘리베이터 거울 속 내 얼굴 역시 아빠의 얼굴처럼 시뻘겋게 달아올라 있었다.

"그런데 너, 아빠한테 그런 식으로 말하면 어떻게 해?"

"내가 틀린 말을 한 것도 아닌데, 뭘?"

화가 잔뜩 묻어나는 목소리로 반박한 후에도 나의 가쁜 숨이 좀처럼 잦아들지 않았다. 아빠에게 내지른 흥분이 가라앉지 않는 모양이다. 문이 열리고 나는 밖으로 달려 나갔다. 몇 주 만에 바깥공기를 마시니 호흡이 금세 정상으로 돌아왔다. 주은이도 나를 따라 밖으로 달려 나왔다. 날은 그새 숨을 쉬기 어려울 정도로 무더워져 있었다.

✦

아빠에게 그렇게 내질렀지만 결국 월요일부터 다시 등교

하기 시작했다. 그새 새 학기가 시작되었고 오랜만에 간 학교
는 흑백화면처럼 우울하고 재미가 없었다. 학교 친구들은 모
두 우리 엄마가 죽었다는 걸 알았지만 아무도 그것을 언급하
지 않았고, 내가 불쌍한지 모두 내 눈치를 보는 것만 같았다.
상관없었다. 아빠도 그날의 일은 마치 없었던 일인 것처럼 아
무 말 없이 지나갔고, 우리의 관계는 남극 기온처럼 냉랭했다.
아빠가 너무나 미웠다.

"주은아, 내가 집에 있으면서 정말 오랫동안 생각했는데 아
무래도 이해가 되지 않아. 텔레비전에서 보면 사람들이 죽기
전에 유언 같은 걸 하잖아, 우리 엄마라면 내가 최소한 병원에
도착할 때까지는 나를 기다렸을 거 같은데 나에게 어떤 인사
도 없이 떠나 버렸단 말이야. 난 그게 너무 이해가 안 가."

주은이에게 요새 내 머릿속을 지배하는 의문을 털어놓았다.

"그렇지. 영화나 드라마 같은 데 보면 사람이 죽기 전에 남
겨진 사람들에게 하고 싶은 말을 꼭 전하긴 하지. 나도 아줌마
가 이렇게 보고 싶고, 같이 이야기하고 싶은데, 너는 얼마나
속상하고 서운하겠어? 엄마한테 마지막 인사도 못 하고 말이
야…."

주은이는 곧 울 것 같은 표정으로 나의 감정에 이입하며 동
조했다.

"나는 엄마가 내 곁을 떠나면 이 세상이 멈춰버릴 줄 알았어. 그런데 나 빼고 모든 게 정상으로 돌아가더라. 우리 엄마가 죽었는데 어떻게 이렇게 똑같을 수 있어? 나만 혼자고, 나만 힘들고…."

나는 며칠 동안 생각하던 말을 주은이에게 들려 주다 결국 또 눈물이 터지고 말았다.

"야, 울지 마."

주은이는 어깨를 들썩이며 우는 나의 모습에 크게 당황한 것 같다.

"꿈에도 엄마가 나오지 않아. 엄마가 너무 보고 싶은데 다시는 못 만난다고 생각하니까 너무너무 힘들어. 나 앞으로 어떡해…."

잠시 난처한 얼굴로 고민하던 주은이가 입을 열었다.

"있지, 우리 할머니가 예전에 집에 찾아온 어떤 손님한테 죽은 가족을 만나게 해줬다는 이야기를 얼핏 들은 적 있거든? 할머니한테 한번 부탁해볼까?"

"정말? 그럼 나도 죽은 엄마를 만날 수 있어?"

생각지도 못한 주은이의 말에 내 눈이 휘둥그레졌다.

"우연히 대화하는 걸 들은 거라 나도 확실하진 않아. 제대로 들은 건지도 모르겠고."

"엄마를 만날 수 있다면 뭐든 할래. 나 할 수 있어."

"지금 할머니가 집에 계시긴 할 텐데, 같이 가서 한번 물어볼까? 그런데 할머니가 허락한다는 장담은 못 해. 너도 우리 할머니 성격 잘 알잖아."

내 가슴이 빠르게 뛰기 시작했다.

주은이를 따라 집으로 들어갔다. 현관에서부터 주은이 옷과 머리에서 항상 나는 익숙한 향냄새가 진하게 진동을 했다. 주은이와 함께 자라온 오랜 시간 동안 이곳에 내가 온 적은 손에 꼽는다. 특히 최근 몇 년 동안은 주은이가 항상 우리 집으로 왔지 한 번도 나를 이곳으로 데리고 온 적은 없었다. 오늘에야 이곳에 온 나는 갑자기 손에 땀이 나고 입이 바짝 말랐다.

주은이의 집은 향냄새가 진하게 나는 것을 제외하곤 일반 가정집과 별다르지 않았다. 거실에는 여섯 일곱 명은 족히 앉을 수 있는 커다란 회색 가죽 소파와 1인용 안락의자가 있고, 소파 뒤 탁자에는 주은이네 가족사진들이 빽빽하게 진열되어 있다. 굳게 닫힌 할머니 방 안쪽에서 사람 소리가 났다. 손님이 와 계신 모양이었다.

"여기에 앉아서 사람들 나올 때까지 조금 기다리자."

주은이가 바닥에 책가방을 내려놓고 소파에 앉았다. 나도 따라서 주은이 옆에 앉았다. 손님들이 나오길 기다리는 동안 다시 나의 심장은 빠르게 방망이질을 하기 시작했다. 잠시 뒤 할머니가 손님 두 명을 모시고 배웅을 하러 거실로 나왔다. 할머니는 나를 보고 흠칫 놀라는 눈치였다.

"수훈아, 정말 오랜만이구나. 그간 우리 수훈이가 얼마나 속이 상했을꼬."

할머니는 제 손자를 대하듯 나를 꼭 안아 주었다. 나도 우리 할머니가 나를 안아주는 품을 생각하며 주은이 할머니를 꼭 안아드렸다. 몇 초를 그렇게 껴안고 서 있었다. 긴장했던 마음이 조금씩 풀리는 것 같았다.

"할머니, 지난번에 보내주신 반찬은 잘 먹었어요. 감사합니다."

나는 문득 할머니가 바리바리 싸주신 반찬들이 생각나서 감사 인사를 전했다.

"언제든지 먹고 싶은 게 생각나면 주은이에게 얘기해라. 할머니가 다 만들어 보내줄게. 그럼 재밌게 놀다 가."

할머니는 내 머리를 쓰다듬고는 다시 방으로 들어가려고 몸을 돌렸다.

"할머니, 우린 할 말이 있어서 온 거야."

주은이가 다급하게 할머니를 불러 세웠다. 할머니는 어리둥절한 표정으로 안락의자에 앉았다.

"나한테 하고 싶은 말이 있다고?"

주은이와 나는 서로의 눈치를 살폈다. 큰 한숨을 내쉰 후, 나는 용기를 내어 입을 열었다.

"할머니, 할머니가 죽은 사람들을 만나게 해줄 수 있다고 들었어요. 제가 엄마의 마지막 모습도 보지 못했거든요. 우리 엄마를 꼭 좀 만날 수 있게 딱 한 번만 도와주세요."

간절한 나의 마음의 소리가 거실에 울려 퍼졌다.

"이게 대체 무슨 소리야?"

할머니가 예상치 못했던 나의 말에 깜짝 놀라며 주은이를 쳐다봤다.

"할머니는 할 수 있잖아. 수훈이도 엄마를 만날 수 있게 도와줘."

주은이가 결의에 찬 목소리로 눈을 동그랗게 뜨고 할머니를 바라보며 말했다.

"너희 이제 겨우 열두 살이야. 그 나이에는 죽음의 세상을 넘봐선 안 돼. 그곳은 막다른 세계야. 세상에 미련이 없고 아쉬울 게 없는 사람들에게도 쉽게 해줄 수 없는 위험한 일이라고, 그 일은."

할머니는 단호하게 말했다.

"하지만 저 꼭 우리 엄마를 만나야 해요, 할머니. 마음이 너무나 답답하고 밤에 혼자 집에 있을 때는 숨도 잘 못 쉬겠어요. 엄마한테 마지막으로 인사라도 할 수 있게 제발 도와주세요."

간절하게 말하던 나의 눈에서 어느새 눈물이 툭툭 떨어졌다. 그때, 주은이가 내 손을 잡았다.

"할머니, 아줌마가 나한테 정말 잘 해주셨잖아. 수훈이를 아줌마와 만나게 해주자. 딱 한 번만 만나면 된대. 수훈이가 혼자 엄마를 보러 가는 게 너무 위험하다면 나도 수훈이랑 같이 갈 거야. 할머니한테 더는 버릇없게 안 할 테니까, 한 번만 해 줘. 할머니는 할 수 있잖아."

할머니가 고개를 절레절레 흔들었다.

"주은아, 그건 절대로 안 되는 일이야."

할머니가 단호하게 말한 뒤 일어나 방으로 들어가 버렸다. 방문이 쾅 닫히는 소리와 함께 내 마음도 무너져 내렸다.

침대에 누워 천장을 바라보며 오후를 보냈다. 적막한 집안에 혼자 있으니 너무 외롭다. 외롭다는 건 이런 기분이구나.

내가 지금 여기서 갑자기 없어진 데도 아무도 내가 사라진 줄 모르고 찾지 않을 것만 같다. 그날 이후 주은이는 내게 할머니에 관한 이야기를 꺼내지 않았다. 섭섭했다. 엄마를 만날 수 있을지 모른다는 희망을 주고는 입을 싹 닫은 것만 같아 괘씸하기까지 했다. 하지만 할머니의 너무나 단호했던 태도가 마음에 걸려 내가 먼저 주은이에게 할머니 이야기를 꺼낼 수가 없었다.

바깥이 어둑어둑해질 때쯤 조용한 집에 전화벨 소리가 울려 퍼졌다.

"수훈아, 내일 우리 할머니가 너 집에 좀 오래!"

수화기 너머로 들리는 주은이의 목소리에도 엄청난 흥분이 느껴졌다. 이렇게 들뜬 목소리의 주은이가 반가웠다. 그날의 단호했던 할머니를 생각하면 의구심이 들었지만 어쩌면 정말 엄마를 만날 수도 있을지 모른다는 기대감에 늦게까지 잠이 오지 않았다.

마지막 수업 시간을 마치기만을 기다리며 온종일 시계를 몇 번이나 쳐다봤는지 모른다. 선생님이 하시는 말씀이 하나도 귀에 들어오지 않았다. 하교 종이 울리자마자 후다닥 가방을 챙겨 주은이 반으로 달려갔다. 마침 주은이도 서둘러 가방을 챙겨 나오는 중이었다. 주은이가 나와 눈이 마주치자 이를 드러내며 활짝 웃었다. 얼마 만에 학교에서 웃는 주은이를 보는 건지 모르겠다.

"우리 얼른 가자, 할머니 마음이 변하기 전에!"

주은이가 내 팔을 잡아끌며 재촉했다.

"정말 할머니가 허락해주신다고 하셨어? 진짜로 우리 엄마를 만나게 해주신대?"

나는 주은이에게 끌려 빠른 걸음으로 교문을 나서며 재차 물었다.

"확실치는 않은데 너를 다시 데려오라고 하신 거 보면 그럴 것 같지 않아? 내가 할머니한테 며칠 동안 엄청난 시위를 좀 했거든."

주은이는 의기양양한 목소리로 말했다.

서둘러 오다 보니 어느새 주은이 집 앞에 도착했다. 큰 심호흡을 하고 주은이를 따라 들어갔다.

"할머니, 우리 왔어!"

주은이가 신발을 벗으며 큰 소리로 말했다.

"방으로 들어와라."

주은이의 할머니가 문 닫힌 방 안에서 큰 소리로 우리를 불렀다. 앞장서는 주은이를 따라 방 쪽으로 걸어갔다. 할머니의 방에 들어가는 것은 이번이 처음이다. 그곳엔 함부로 들어가면 절대로 안 된다는 우리만의 규칙 같은 게 있었다. 빨간 붓 글씨로 쓰인 부적이 커다랗게 붙어있는 문 앞에 서니 왠지 모르게 가슴이 다시 두근두근 빠르게 뛰기 시작했다. 방문이 열렸고 그곳은 내가 상상하던 것 너머의 딴 세상이었다.

암막 커튼이 굳게 닫혀 깜깜한 방을 수십 개의 촛불로 밝히고 있었다. 바깥세상이 낮이었는지 저녁이었는지 헷갈릴 정도로 시간을 잃어버린 것 같은 묘한 기분이 들었다. 방문의 정면에는 한쪽 귀퉁이에 책들이 포개져 쌓여 있는 큰 책상이 있었고, 그곳에 주은이의 할머니가 평소와는 달리 큰 돋보기안경을 쓰고 앉아 계셨다. 할머니 뒤로 벽에 걸린 요란한 색깔을 입은 요괴들 그림이 나의 시선을 끌었다. 순간 등에 한기가 느껴져 마음을 다잡으려 주위를 돌아봤다. 방 안 곳곳에는 어느 절에서나 본 것 같은 황금색 불상들이 염주 목걸이를 하고 자리를 잡고 있다. 그중 염주 목걸이를 주렁주렁 두른 가장 큰 불상이 놓인 탁자에는 여러 개의 향이 함께 타오르며 방 안에 특유의 진한 냄새를 풍풍 내뿜고 있었다.

알 수 없는 공포감이 나를 휘감았다. 더는 책상 앞의 할머니가 내가 알던 주은이 할머니 같지가 않았다. 지극히 평범해 보였던 이 집에 이런 기괴한 공간이 있었다니, 정말 상상도 하지 못한 일이다. 주은이는 나의 표정을 발견하고 계속 곁눈질로 나를 살폈다.

"앉아라. 수훈아, 내가 왜 너를 다시 불렀는지 궁금하지?"

할머니가 겁에 질린 나를 보며 온화한 말투로 말했다.

"…네."

침을 꼴깍 삼킨 뒤 너무나 긴장한 나머지 나는 개미 목소리처럼 작게 대답했다. 죽은 사람들이 사는 곳에 가는 건 분명 엄청 위험하다고 했었는데, 할머니의 질문에 더 씩씩하게 대답하지 못한 나 스스로가 너무나 창피했다. 할머니를 마주 보고 책상 앞에 조심스럽게 앉았다. 주은이도 의자를 끌어와 내 옆에 앉았다.

"수훈아, 네가 엄마를 잃은 기분이 어떨지 이 할머니가 모르는 게 아니야. 온 세상이 무너져 내린 기분일 거야. 암, 그렇고말고."

할머니는 안타까운 표정을 지었다. 몇 초의 정적 후 할머니는 목을 다듬는 헛기침을 하며 이어 말했다.

"정 네가 원한다면, 내가 너의 엄마를 만나게 해줄 수 있다. 그런데 그건 절대로 쉬운 일이 아니야. 네가 이 할머니 이야기를 잘 들어보고 난 후에 할 수 있을지 없을지 곰곰이 생각해 봤으면 좋겠다."

할머니는 내 눈을 뚫어지게 쳐다보며 말했다.

"죽은 사람들이 사는 세계를 우린 막다른 세계라고 불러. 막다른 세계에 인간이 가려면 나같이 특별한 힘을 가진 영매가 정성을 들여 기도를 해야 해. 그 의식이 끝나면 그날부터 6일 동안 밤잠이 들 때 총 여섯 번에 걸쳐 막다른 세계로 들어갈 수가 있어. 막다른 세계로 가는 문은 매번 다른 곳에서 열리는데, 네가 잠드는 곳에서 가장 가까운 쪽 문으로 떨어지게 되는 거지. 이곳에 동이 트면 막다른 세계의 해가 저물고, 그때 다시 돌아올 수 있단다. 별거 아닌 것 같지? 그런데 그곳에 다녀온다는 것은 아무나 쉽게 할 수 있는 그런 간단한 일이 아니야."

나는 할머니의 말을 하나도 놓치지 않기 위해 눈을 부릅뜨고 경청하기 시작했다. 할머니는 종이를 책상 위에 꺼내 내가 알아듣기 쉽게 막다른 세계로 들어가는 과정을 펜으로 써 가며 자세히 설명하기 시작했다.

"그곳에 가기 위해선 막다른 세계에 가고자 하는 사람의 피가 들어간 구슬이 필요해. 자기 전 그 구슬을 몸에 꼭 지니고 있어야 그 세계로 들어갈 수 있단다. 우리는 그걸 영혼의 돌이라고 부르지. 그런데 돌에 영혼을 불어넣는 의식을 하기 위해선 반드시 영매인 나에게 대가를 치러야 해. 너같이 어린 애는 그 의식의 대가를 치를 돈이 없을 거야. 그렇다면 영매의 부탁을 꼭 들어줘야 한다. 그선 아주 어려운 부탁이 될 거야. 대가를 치를 수 있다고 약속받아야만 막다른 세계에 갈 수 있거든. 사람은 이 의식으로 평생 딱 한 번만 막다른 세계에 들어갈 기회가 주어진단다. 6일 안에 네가 엄마를 만나지 못한다면 그걸로 끝이야. 그 후엔 어떤 방법으로도 다시는 만날 수가 없어."

할머니가 써 내려간 종이를 보며 할머니의 말을 이해하려 노력했다. 막다른 세계로 가는 대가를 치르고 여섯 번의 꿈 만에 엄마를 만난다. 별로 어려울 것이 없어 보였다.

"하지만 가장 중요한 것은 너의 피가 들어간 영혼의 돌을 그 세계에서 잃어 버리거나 나와 거래한 부탁을 마지막 6일째 날까지 들어주지 못한다면 너는 막다른 세계 여행에서 우리가 사는 이 세계로 다시는 돌아올 수 없게 될 거야. 무슨 말인지 알겠니?"

할머니가 눈을 커다랗게 뜨고 주의사항을 무섭게 강조하며 말했다.

"돌아오지 못하다니, 그게 무슨 말이에요?"

갑자기 심장이 쪼그라드는 기분이 들었다.

"말 그대로야. 막다른 세계와 우리가 사는 이 세계 중간 그 어딘가에 갇혀 버리는 거야. 아무도 모르는 곳에. 그곳은 그 누구도, 나조차도 어디인지 알 수 없단다. 그래서 네가 엄마를 만나러 떠나는 게 너무나 위험한 모험이라는 거다."

할머니가 눈에 더 힘을 주며 말했다. 곧 할머니의 눈이 톡 하고 떨어져 나올 것 같았다.

"할머니, 그러니까 영혼의 돌인가 뭔가를 몸에 꼭 가지고 다니면서 엄마를 찾고 할머니와의 약속을 지키기만 하면 된다는 말인 거죠?"

이 방에서 흐르는 무거운 기류를 좀 가볍게 바꾸고 싶었다. 내가 하려는 일이 따지고 보면 별게 아니라고 할머니가 말해 주기를 바랐다.

"막다른 세계는 네가 아는 우리의 세상과는 달라. 어떤 일이 일어날지 모르지. 죽은 사람들이 어쨌든 바글바글 모여 살아가는 곳이니까. 그리고 그곳은 우리가 사는 세상을 복제해 놓은 것처럼 똑같이 생겼어. 그 말은 즉, 그곳 또한 이 세상만큼 넓어서 네가 엄마를 꼭 찾을 거라는 보장이 없단 얘기야. 할머니도 그곳에 옛날에 다녀온 적이 있는데 결국 내가 찾던 사람을 만나지 못하고 돌아왔단다."

왠지 말끝에 할머니의 눈가가 촉촉하게 젖어드는 것 같은 느낌이 들었다.

"그럼 할머니, 거기까지 가서 수훈이가 엄마를 못 만날 수도 있다는 이야기야?"

조용히 듣고만 있었던 주은이가 끼어들었다. 할머니는 주은이의 질문에 말없이 고개를 끄덕였다.

"할머니, 제가 그곳으로 간다면 분명 우리 엄마가 나를 찾아올 거예요. 만약 우리 엄마가 나를 못 찾는다면 제가 어떻게 해서든지 엄마를 찾아내서 만날 거예요. 엄마와 나는 늘 서로 통하는 게 있었어요. 진짜예요!"

나는 확신에 찬 목소리로 말했다.

"그럼 할머니가 수훈이한테 요구하는 대가가 뭐야?"

"막다른 세계로 들어가는 의식은 영매가 만족할 만한 대가를 받아야만 힘이 생기는 거야. 내 맘대로 그 대가를 깎거나 받은 셈 쳐서는 절대로 의식이 성공하지 못해. 수훈아, 네가 정말 어떻게 해서든 꼭 그 세계로 가야겠다면 너에게 내가 막다른 세계에서 잃어버린 물건을 찾아 달라고 부탁할 참이란다."

"그게 뭔데, 할머니?"
주은이가 눈을 동그랗게 뜨고 물었다.

"내가 30년 전에 막다른 세계에 갔다가 잃어 버리고 온 목걸이야. 500원짜리 동전 크기의 동그란 자개 주위에 빨간 루비가 둘려 있는 금줄의 펜던트 목걸이야. 나에게 그 물건은 어마어마한 돈만큼의 가치가 있어. 그 물건을 찾아주면 좋겠구나. 막다른 세계에 도착하면 여기 우리 동네에도 있는 금영 계곡이 똑같이 있거든? 그 계곡 중류에 있는 바위 쉼터 알지? 그곳 주변에서 잃어 버렸으니까 금방 찾을 수 있을 거야. 망자들은 보통 목걸이 같은 세속적인 물건에는 관심이 없어서 아마도 누군가가 일부러 가져가지는 않았을 거야."

할머니는 말을 마치자마자 갑자기 실수했다는 듯이 말을 이어나갔다.

"아니 그걸 꼭 찾아 달라는 게 아니라 네가 마음의 결정을 내린다면 의식의 대가로 받겠다는 거야. 그만큼 신중하게 생각해야 해. 잘못하면 막다른 세상에 갇혀 영영 남은 가족들을 못 보고 다시는 사람으로 살아갈 수 없게 될 수도 있어. 그 누구도 네 결정에 책임질 수 없고."

할머니의 마지막 말에 머리부터 발끝까지 소름이 쫙 돋았다. 하지만 지금처럼 엄마가 없는 세상에서 엄마를 그리워하며 힘겹게 살아가는 것보다는 위험을 감수하더라도 엄마를 한 번이라도 보기 위해서 무엇이든지 해보는 게 훨씬 낫다. 이건 두 번 생각할 필요도 없다. 나의 결심을 말하려는 찰나에 주은이가 끼어들며 말했다.

"할머니, 수훈이가 간다면 나도 같이 갈래."

주은이의 눈빛이 반짝반짝하게 빛났다.

"그게 무슨 말이야, 할머니 말 못 들었어? 이건 단순히 다녀오는 문제가 아니야. 그곳에 갇혀 다시는 네가 사는 세상으로 돌아올 수 없을지도 모른다니까? 네가 지난 며칠간 그 난리를 피운 바람에 지금 내가 얼마나 어렵게 여기까지 동의한 건데. 이건 아니지, 주은아. 주은이 너는 함부로 끼어들 생각 추호도 하지 마라."

할머니가 단호하게 말했다.

"둘이 같이 가면 그 구슬인지 돌인지도 지키고 할머니 목걸이 찾는 것도 조금이라도 더 쉬울 거 아냐? 둘이 가도 절대 할 수 없는 일이라면 애초에 수훈이가 혼자서는 할 수 없는 일이잖아."

주은이가 지지 않고 말했다. 나는 주은이의 말에 매우 혼란스럽고 난처한 기분이 들었다. 이 위험한 모험에 나와 함께 하겠다고? 나 때문에 우리가 그 세상에 갇혀 버린다면 주은이 부모님과 할머니는 견디실 수 없을 것이다. 남들 다 가는 학교 소풍도 위험하다고 안 보내주시는 할머니인데 죽음의 세상으로 주은이를 보내주실 리가 없잖아. 그렇지만 나도 혼자보다 주은이가 같이 가 준다면 너무나 좋을 것 같은데, 할머니가 과연 주은이의 말을 들어주실까? 복잡한 생각이 꼬리에 꼬리를 물었다.

할머니의 표정이 일그러졌다. 언뜻 보기에도 화가 단단히 나신 듯하다. 이러다 나마저 우리 엄마를 만나러 가지 못하게 할까 봐 걱정되기 시작했다. 얼마나 지났을까? 제법 긴 침묵

이 흘렀다. 곰곰이 눈을 감고 말없이 생각하던 할머니가 입을
열었다.

"이건 수훈이의 넋이야, 수은이 네가 따라나설 일이 아니라
고. 네가 이런 식으로 나오면 이 의식을 절대로 난 해줄 수 없
다. 모두 없던 일로 하자."

"알았어, 알았어. 할머니 말대로 할게. 그냥 수훈이 혼자 가
게 해줘."

"할머니, 저는 엄마를 만나러 꼭 갈 거예요. 저 혼자 갈게
요, 주은이는 같이 가지 않을 거예요. 우리 엄마, 그렇게 인사
도 없이 가 버리고는 제 꿈에도 한 번 나와주지 않아요. 만나
서 엄마가 지금은 어떻게 지내는지, 나에게 해주고 싶은 말은
없는지 물어보고 싶고, 마지막으로 딱 한 번만 안아보고 싶어
요. 엄마 냄새를 꼭 다시 한번 맡아보고 싶어요."

내 눈에서 또다시 눈물이 흘렀다. 할머니는 눈을 다시 지그
시 감고 기도하는 것처럼 한참 혼잣말을 읊으며 생각하는 시
간을 가졌다. 할머니의 감긴 눈꺼풀이 파르르 떨리는 게 보였
다. 그러더니 알아들을 수 없는 말로 크게 주문을 외우기 시작
했다. 그 모습이 너무나 무서웠다. 내 입안의 모든 침이 마르
는 것 같았다. 주문의 시간이 끝나고 고요해지더니 마침내 할
머니는 눈을 번쩍 떴다. 할머니의 두 눈에 눈물이 줄줄 흐르기

시작했다. 무슨 일이 일어나는 것인지 혼란스러웠다. 주은이도 나만큼이나 당황한 눈치다. 할머니는 흐르는 눈물을 손으로 훔친 뒤 크게 한숨을 내쉬고는 입을 열었다.

"그래. 이따 해가 떨어질 때쯤 막다른 세계로 가는 의식을 해보자. 3일 내내 쟤가 밥도 잘 안 먹고 시위하는 통에 내 머리가 정말 어떻게 되어 버렸나 보다. 제대로 미쳤지, 내가 미쳤어."

할머니가 시선을 떨군 채 고개를 저으며 혼잣말을 했다. 여전히 할머니는 갈등 중인 것 같았다.

할머니는 의식을 준비하는 시간이 필요하다며 우리에게 방에서 나가 있으라고 하셨다. 거실 소파에 반쯤 누워 앞으로 일어날 일들에 대해 생각해보려 했으나 막다른 세계에 대해 할머니가 하셨던 말씀이 하나도 기억이 나지 않았다. 생각이 막힌 듯 머리가 돌아가지 않는다. 주은이도 단칼에 거절하는 할머니의 단호함에 놀랐는지 아무 말 없이 허공을 보며 생각에 잠겨 있다. 주은이가 나와 함께 가겠다고 더는 우기지 않아서 다행이다. 그랬다가는 정말 할머니의 마음이 완전히 돌아섰을

테니까. 하지만 혼자 막다른 세계로 갈 생각을 하니 왠지 막막
하고 가슴이 답답해졌다.

"너 정말 혼자 갈 수 있겠어?"

내 마음을 읽기라도 한 듯 주은이가 물었다.

"가야지. 엄마 꼭 만날 거야."

주은이가 내 눈을 몇 초간 뚫어지게 쳐다본 후 입을 열었
다.

"꼭 아줌마를 만나고 할머니의 목걸이를 찾아서 돌아와야
해. 할 수 있지?"

"엄마만 만날 수 있다면 거기서 그냥 쭉 엄마랑 지내고 싶
을 것 같아."

엄마를 만날 생각을 하니 나도 모르게 슬픈 미소를 지으며
말했다.

"정신 차려, 이수훈. 네가 이러니까 혼자 못 보내겠잖아."

한참이 지난 후 할머니가 나를 불렀다. 방안으로 들어오는
우리를 빤히 쳐다보더니 크게 한숨을 쉬며 말씀하셨다.

"그럼 더 늦어지기 전에 의식을 진행하자. 수훈이 너는 여
기 의자에 앉아라."

의식이 드디어 시작된다는 말에 가슴이 설렘과 긴장감, 두
려움으로 쿵쾅대기 시작했다. 입안이 바싹 말랐다. 할머니와

마주 보고 책상 앞에 앉았다. 주은이는 어느새 내 자리 옆에 다가와 섰다.

할머니는 내 손을 마주 잡은 뒤 눈을 감고 낮은 목소리로 주문을 외우기 시작했다. 할머니의 주문 외우는 소리만 남고 촛불로 밝혀진 할머니 방은 으스스했다. 덜컥 겁이 났다. 내 의지와 상관없이 숨이 점차 가빠지던 찰나 주은이가 내 어깨에 손을 올렸다. 그 순간 신기하게도 긴장했던 마음이 편안해지기 시작했다.

놋으로 만들어진 촛대 위의 초가 절반이 될 때까지 할머니의 주문은 계속되었다. 서서히 집중력을 잃기 시작할 때쯤 할머니는 눈을 뜨고 잡았던 내 손을 놓은 뒤 책상 서랍에서 알사탕 크기만 한 투명한 구슬 틀과 받침대 같은 것을 꺼냈다.

"이게 뭐야?"

주은이는 눈을 동그랗게 뜨고 할머니께 물었다.

"이게 내가 말한 영혼의 돌을 만드는 틀이란다. 이제부터 막다른 세계로 가는 열쇠를 만드는 거야. 기구에 불을 가하면 구슬 틀 안이 액체로 차오르고, 이 안에 막다른 세계에 갈 사람의 피를 넣은 후 굳히면 바로 영혼의 돌이 되는 거란다. 이곳에선 영혼의 돌이 그저 평범한 유리구슬 모양이겠지만 막다른 세계에선 이 돌이 붉은빛을 뿜을 거야. 네 몸과 닿아 있을 때 선명한 빛을 내고, 몸에서 멀어질수록 빛을 점점 잃지. 가장 중요한 건, 이 돌을 몸에 꼭 지니고 있어야 이 세계로 돌아올 수 있다는 거야. 알겠지? 자, 이제 영혼의 돌을 만들 준비가 완료되었다.”

할머니의 책상이 마치 어느 과학자의 실험실이 된 것만 같았다. 할머니는 촛대에서 초를 꺼내 들고 틀에 열을 가하였다. 그 순간 아무것도 없었던 투명한 구슬 틀에 찰랑찰랑 투명한 액체가 차올랐다. 할머니가 책상 위의 작은 자개함에서 채혈침을 꺼내 포장지를 벗긴 후 알코올 솜으로 바늘을 닦는 사이, 주은이가 갑자기 내 귀에 대고 속삭이며 말했다.

“내가 다 생각이 있으니까 그냥 넌 할머니가 하란 대로만 해.”

무슨 생각? 주은이가 대체 무슨 말을 하는지 모르겠다.

“자, 마음의 준비가 되면 이 바늘로 피를 내 여기 틀 안에 떨어뜨리면 된다. 피를 넣는 순간 막다른 세계로 가야만 해. 6일 안에 목걸이를 찾지 못하면 영원히 다시는 이곳으로 돌아올 수도 없어. 돌이킬 수 없는 선택을 하게 되는 거

야. 시간이 아직 좀 있으니 수훈이 네가 마지막으로 잘 생
각해봐."

할머니는 내 눈을 지긋이 바라보며 말했다. 그 모습은 절대
적으로 중립적이었다. 나를 말리는 것도 떠미는 것도 아닌 내
결정을 존중하는 눈빛.

그때, 주은이는 재빨리 채혈침을 낚아챘다. 그리고 빠르게
자기의 검지에 뾰족한 침을 꾹 찌른 후 구슬 틀의 입구에 갖
다 댔다. 순식간에 손가락에 맺힌 피 세 방울이 틀 안의 액체
에 퍼져 나갔다.

"박주은!"

할머니의 격앙된 절규가 방안을 가득 메웠다.

"주은아, 왜 그랬어…."

할머니는 원망의 목소리로 주은이를 다그쳤다. 할 말을 잃
은 나는 복잡한 마음이 뒤엉키며 눈물이 나기 시작했다. 겁이
났다. 뭐가 어떻게 돌아가고 있는 건지 하나도 모르겠다.

"할머니, 미안해. 그런데 아무리 생각해도 수훈이 혼자서
보낼 수가 없어. 내가 수훈이를 도와서 할머니 목걸이를 꼭 되
찾아올게. 둘이 가면 더 쉽지 않겠어? 죽으러 가는 것도 아니
잖아. 너무 걱정하지 마, 할머니."

주은이는 이렇게 큰일을 일단 저지른 다음 할머니를 설득하려는 계획이었나 보다.

버럭 화를 낼 것만 같았던 할머니가 갑자기 우리 앞에서 아이처럼 울기 시작했다. 숨도 잘 쉬지 못할 정도로 꺽꺽 소리를 내며 오열했다.

"할머니, 왜 울고 그래. 울지 마, 나 괜찮을 거야."

주은이는 천천히 할머니 쪽으로 다가가 어깨를 들썩이며 우는 할머니를 조심스럽게 끌어안았다.

할머니는 어떤 말도 하지 않은 채 감정을 추스르려 애쓰시는 것 같았다. 주은이는 왜 나와 상의도 하지 않고 이렇게 일을 저질러 버린 걸까? 주은이를 원망하면 안 되는 걸 알지만 어쩔 수 없이 지금은 조금 원망스럽다.

할머니가 다시 입을 여는 그 시간까지가 한없이 길게 느껴졌다. 점점 머리가 어지럽고 속이 울렁거리던 찰나에 마침내 할머니가 울음을 멈추고 고개를 들었다.

"이제 이렇게 된 이상 주은이 너는 수훈이와 함께 막다른 세계로 갈 수밖에 없다. 할머니 말을 이렇게 우습게 듣다니 주은이 너에게 너무나 실망을 했어. 여기에 관한 이야기는 네가 막다른 세계로 다녀오는 여행이 모두 끝난 후에 다시 하자. 수훈아, 미안하지만 너도 이제 선택의 여지가 없이 막다른 세계에 다녀와야겠다. 주은이의 돌이 완성되면 네 것도 바로 이어서 만들 거야."

할머니의 목소리는 전과 다르게 너무나 차갑고 형식적이었다. 주은이는 할머니의 눈치를 보더니 뒤로 슬쩍 물러났다. 나는 할머니의 말에 대답 대신 고개를 끄덕였다.

할머니는 굳은 얼굴로 주은이의 피가 들어간 영혼의 돌의 틀을 준비해 두었던 차가운 물이 담긴 오목한 볼 안으로 옮겼다. 그러고는 방 한쪽에 있는 커다란 검은 자개장에서 내 몫인 틀을 하나 더 꺼내왔다. 나는 주저 없이 채혈침으로 왼쪽 엄지를 강하게 찔렀다. 조금 전 주은이의 행동을 목격한 이상 할머니께 더는 나의 약한 모습을 보여주고 싶지 않았다. 새빨간 피가 틀 안으로 투두둑 떨어졌다. 이제 정말 엄마를 만날 수 있다.

모든 의식이 끝나자 할머니가 다시 원래의 침착한 할머니의 모습으로 돌아왔다.

"박주은, 너는 그럼 막다른 세계로 가는 평생 단 한 번의 기회를 수훈이와 함께 써 버리는 거야. 네 말대로 둘이 간다면 하나보다 뭐가 낫더라도 낫겠지. 엄청나게 험난한 여행이 될수도 있어, 너흴 보살펴 주는 어른도 없으니까 말이다. 너희가 서로를 꼭 지켜주고 너희 둘 다 영혼의 돌을 잃어 버리지 않게 조심해야 해. 반드시 목걸이를 찾아야만 완전히 이곳으로 다시 돌아올 수 있다."

할머니는 말을 마치고 고개를 절레절레 저으며 큰 한숨을 쉬었다. 아무래도 못마땅하고 못 미더우실 것이다. 나도 주은이의 돌발 행동에 이렇게나 놀랐는데, 강력히 반대하시던 할머니는 속이 어떠셨을까? 말은 안 하셔도 분명 내가 너무나 밉겠지? 할머니에 대한 죄책감이 나를 짓눌렀다. 엄마를 만나고 꼭 임무를 완수해서 주은이와 함께 무사히 돌아와야겠다는 의지가 불끈 생겼다.

"보통 망자들은 생전에 가장 의미를 둔 곳 주변에서 배회하기 마련이야. 그걸 토대로 너의 엄마를 찾아보면 운 좋게 금방 만날 수 있을지도 모르겠구나. 하지만 절대 쉽지만은 않을 거다. 쉽지 않아."

주은이는 할머니의 말이 끝나자마자 빠르게 다가가 할머니를 꼭 안았다. 주은이에게 안긴 할머니는 넋이 나간 표정으로 다시 한번 고개를 설레설레 저었다. 그 모습을 보니 나도 모르게 다시 왈칵 눈물이 흘렀다.

"내가 지금 얘들한테 무슨 짓을 한 거지…"

할머니는 주은이의 머리를 걱정스레 쓰다듬으며 혼잣말했다.

제2장

막다른 세계에 도착하다

강한 햇살이 얼굴에 내리쬐자 꼭 감은 내 두 눈이 이글이글 불에 타는 것만 같다. 반사적으로 두 손으로 얼굴을 가린 뒤 천천히 눈을 떴다. 벌떡 일어나 주위를 둘러보았다. 주은이는 어디에 있는 거지?

나는 초록색 풀로 뒤덮인 산 중턱에 홀로 서 있다. 이곳이 꿈속인지 현실인지 헷갈렸다. 손바닥으로 내 얼굴을 세게 쳐 보았더니 뺨이 아렸다. 한쪽 손안에 빨간빛이 영롱하게 빛나고 있는 구슬이 들려 있다. 맞다! 어젯밤 내 피 세 방울이 들어간 영혼의 돌을 손에 꼭 쥐고 잠들었지! 분명 어젯밤의 이 영혼의 돌은 그저 피가 섞인 구슬에 불과했는데 막다른 세계에서는 할머니 말씀대로 반짝반짝 빛을 내고 있다. 아름답고 신비로웠다. 영혼의 돌을 쥐고 있고 이렇게 내 뺨이 아린 걸 보니 이곳이 진짜 막다른 세계라는 걸 실감했다.

몇 발자국 떨어진 곳에 서 있는 큰 나무 밑에 누군가 등을 지고 누워 있는 것 같아 살금살금 다가갔다. 주은이다!

"주은아, 눈 좀 떠봐!"

주은이는 내 목소리에 움찔움찔 반응하더니 곧 잠에서 깨어났다. 힘겹게 몸을 일으켜 세운 주은이가 어리둥절한 채로 주위를 둘러보았다. 믿기지 않는다는 듯 자기 몸을 훑어보더니 내 손에 쥐어져 있는 빨간 빛을 뿜어대는 영혼의 돌을 발견하고는 눈을 번쩍 크게 뜨며 말했다.

"수훈아, 우리 막다른 세계에 온 거 맞지? 정말로 이곳에 온 거야?"

나는 고개를 끄떡인 뒤 영혼의 돌을 바지 주머니에 넣고 주은이에게 손을 내밀어 몸을 일으켜 세웠다. 주은이도 얼른 자신의 영혼의 돌을 꺼내고는 신기한 듯 쳐다보며 말했다.

"우와 빛나는 것 좀 봐. 진짜 이 돌이 우리를 막다른 세계로 데리고 왔네!"

주은이는 영혼의 돌을 귀중한 보석 다루듯 조심스럽게 어루만진 뒤 다시 주머니 안에 넣어두었다.

"수훈아 저기 위에 좀 봐. 너무 예쁜 무지개야. 뭐야, 죽은 사람들만 사는 곳이라더니 여기가 우리가 사는 곳보다 더 아름답잖아?"

주은이가 감탄한 무지개는 완전한 색을 뿜내며 마치 여기 막다른 세계의 보호막 역할을 하는 것처럼 하늘을 온통 감싸고 있었다.

"진짜 저렇게 완벽한 무지개는 태어나서 처음 봐!"

생각보다 막다른 세계는 더 좋은 곳일지도 모른다.

"깍깍. 이방인이다, 이방인!"

그때였다. 커다랗고 새까만 까마귀 한 마리가 소리를 지르며 빙글빙글 돌기 시작했다.

"수훈아, 지금 저 까마귀가 말을 한 거야?"

"깍깍. 인간이 나타났다, 그것도 어린놈들이네!"

주은이의 질문에 대답하려던 찰나 까마귀가 다시 귀가 따갑도록 떠들었다. 막다른 세계에 사는 영혼들이 저 까마귀의 소리를 듣고 모두 이쪽으로 몰려올 것만 같아 겁이 나기 시작했다.

"조용해! 좀 조용히 하라고."

나는 손가락을 코에 가져다 대며 까마귀를 향해 작은 소리로 외쳤다. 까마귀는 내 말을 알아들은 듯 비행을 멈추고 땅으로 내려와 앉았다.

"여기에 왜 왔어? 여기는 너희 같은 이방인이 있을 곳이 아닌데. 깍깍."

까마귀는 고개를 까딱거리며 말을 건넸다. 가까이서 보니 이 말도 안 되는 상황에 저절로 입이 벌어졌다. 주은이도 믿기 힘든지 연신 눈을 비볐다.

"우리 까마귀는 막다른 세계의 파수꾼이야. 깍깍. 이곳에서 일어나는 모든 일은 우리의 눈을 피할 수 없지. 여기에 왜 온 거냐고, 이 이방인들아. 깍깍."

까마귀는 소리를 지르더니 마치 공격할 태세로 날개를 한 번 퍼덕이고는 우리를 번갈아 쳐다봤다.

"우, 우리는, 그저 얼마 전에 여기로 온 나의 엄마를 한 번 만나보러 왔어. 엄마만 만나고 다시 돌아갈 거야. 정말이야."

"깍깍. 이곳을 어지럽게 만들면 가만히 안 둘 거야. 하기로 한 것만 하고 얼른 돌아가."

까마귀는 무섭게 생긴 얼굴로 다시 우리를 번갈아 쳐다보더니 힘찬 날갯짓을 하며 날아올랐다. 말하는 까마귀가 떠난 빈자리를 보며 나와 주은이는 멍해졌다.

"여기의 새는 말도 하나 봐. 무서워. 할머니가 분명 우리가 사는 세계와 같다고 그러지 않았어?"

"죽은 사람들이 사는 곳이니 뭐가 달라도 다르겠지. 왠지 저 새의 눈에 거슬리는 행동은 하지 않는 게 좋을 것 같아."

저 까마귀가 정말로 막다른 세계의 파수꾼이라면 우리의 존재가 분명 달갑지 않을 것이다. 아무래도 하루빨리 엄마를 만나고 이 여행을 얼른 끝내야 할 것 같다. 나는 주은이의 손을 이끌고 산 아래로 성큼성큼 향했다.

"수훈아, 좀 천천히 가! 이러다가 우리 굴러떨어질 것 같아!"

어느 정도 산 아래로 내려오고 빽빽했던 나무가 시야에서 사라지자 이곳이 어딘지 알 수 있었다.

"주은아, 저기에 우리 아파트가 보여!"

익숙한 풍경에 마음이 놓였다. 금방이라도 엄마를 만나게 될 것만 같다.

"맞네! 우리가 있는 곳이 아파트에서 보였던 산이었구나. 너희 집으로 가면 왠지 아줌마가 계실 것만 같아. 언제나 네가 올 시간이면 아줌마가 집에 계셨잖아. 생각보다 너무 쉽게 찾는 거 아냐?"

주은이도 덩달아 흥분하며 소리쳤다.

우리는 또다시 달리기 시작했다. 산을 벗어나 우리 동네 금영 계곡 다리를 지나고 우리가 자주 가는 상가도 지나쳤다. 우리 동네가 이상하리만치 조용했는데 숨이 턱 밑까지 차오를 때쯤 길 건너편에 웬 남자의 뒷모습이 보였다. 그가 우릴 향해 쳐다봤다. 너무나 기이한 얼굴을 하고 있어 우리는 가던 길을 멈춰 섰다.

아저씨의 얼굴은 투명하다고 느낄 정도로 창백했다. 유난히 기다란 얼굴에다 어중간한 길이의 앞머리를 묶어 올려 얼굴이 당근처럼 더 길어 보였다. 입술에도 핏기 하나 없이 얼굴과 색이 똑같았다. 옷은 여기저기 해진 듯 낡고 볼품없었다. 정말 이상한 점이라면 아저씨의 옷도 얼굴처럼 무채색이었다. 흑백사진에서 튀어나온 사람처럼 색의 흔적을 찾을 수가 없었다. 순간 그가 죽은 사람이라는 것을 직감했다. 당연했다. 여기는 막다른 세계니까. 머리카락이 쭈뼛 서는 느낌이 들어 주은이의 손을 꽉 잡았다. 주은이도 나의 손을 꽉 잡았다.

"너네 혹시 사람이니? 사람 맞지?"

흑백 아저씨가 희미한 미소를 띠며 말했다.

딱 봐도 우리가 사람처럼 보이는 걸까? 왠지 우리가 사람이라는 사실을 저 아저씨에게 얘기하면 안 될 것 같았다. 오싹한 느낌에 주은이의 얼굴을 쳐다봤다. 주은이 역시 긴장한 모습이다.

"그건 왜 물어보세요?"

"그거야 여기는 산 사람이 사는 곳이 아니니까. 너희 이곳에 처음 왔구나?"

아저씨는 입술 끝을 씰룩거리며 괴기한 미소를 보였다.

"너희가 사람인 걸 비밀로 해줄 수 있어. 여기에선 사람인 걸 들키는 순간 아주 곤란해질 수 있거든. 그 대신 너희는 내 소원을 들어줘야 해. 어때?"

"소원이요?"

나는 침을 꼴깍 삼키며 대답했다.

"그래. 너희가 세상에 돌아가는 대로 나를 이곳으로 보내버린 사람들을 찾아가 대신 경고를 좀 날려줘. 여기에 올 날만을 내가 기다리고 있다고."

아저씨의 얼굴이 갑자기 악에 받친 악마처럼 무섭게 변하자 내 심장이 방망이질하기 시작했다. 주은이와 눈이 마주쳤다. 여기서 벗어나야 한다.

"애들아, 도망가!"

그때 갑자기 누군가 나타나 아저씨를 밀었다.

외마디 비명과 함께 아저씨가 앞으로 꼬꾸라지자 또 다른 누군가가 나타나 나의 손을 잡고 뛰기 시작했다. 나 또한 주은이의 손을 꼭 잡고 심장이 터지기 전까지 달렸다. 겨우 몸을 숨겨 숨을 고르다 정신을 차리고 보니 아파트 단지에 있는 놀이터 뒤 공중화장실 건물이었다. 나와 주은이 옆에 우리 나이

또래의 남자애 하나, 여자애 하나, 그리고 우리보다 훨씬 어려 보이는 여자애 하나가 서 있었다. 이 아이들 역시 방금 만났던 아저씨처럼 무채색이다.

"너희 괜찮아? 하마터면 저 아저씨한테 붙잡혀서 큰일 날 뻔했어!"

키가 나보다 조금 크고 장난꾸러기 같은 얼굴을 한 남자애가 말했다.

"도와줘서 고마워. 근데 아까 그 아저씨는 위험한 사람이야?"

내가 용기를 내어 말했다.

"위험한 사람은 아니지. 일단 살아 있는 '사람'은 아니니까."

재미난 농담이라도 한 듯 실없이 웃으며 남자아이가 말했다.

"너희 여기는 처음이지? 처음이 아니고서야 이렇게 돌아다닐 리가 없지. 여기에선 너희들처럼 살아 있는 사람들은 우리 같이 죽은 영혼들에게 계속 쫓기게 될 거야. 대부분의 망자들은 산 사람을 통해 이승에 있는 사람들에게 메시지를 보내고 싶어 하거든. 한번 붙잡히면 다른 영혼들도 덩달아 들러붙어서 절대 벗어나기 쉽지 않을 테니 무조건 피해 다니는 게 상책이야."

눈물이 곧 쏟아질 것처럼 큰 눈을 한 긴 생머리의 여자애가 말했다.

"민국아, 쟤네 아크로 가루 좀 줘봐. 그걸 뿌리면 쟤네 몸에도 색이 보이지 않을 거야."

이름이 민국이구나. 여자애의 말에 민국이가 바지 주머니에서 회색 가루가 든 작은 주머니를 꺼내며 나에게 건넸다.

"이게 뭐야?"

의심스러운 눈으로 주머니 안 회색 가루를 쳐다보는 내게 어린 여자아이가 대답했다.

"이건 아크로 가루라는 건데 우리가 이 세상의 색을 없애는 놀이를 할 때 쓰는 가루야. 수아 언니가 여기서 찾아냈어. 색을 띠는 모든 것에 바를 수 있어."

"이런 것도 있구나. 그런데 너희 몇 살이야? 우리랑 나이가 비슷해 보이는데."

주은이가 아크로 가루를 몸과 얼굴에 펴 바르며 물었다.

"나랑 수아는 열두 살이야. 그리고 애는 막내, 일곱 살 정연이."

민국이의 말에 주은이가 반가워하며 말했다.

"우리랑 동갑이네. 친구다, 친구. 나는 박주은이고, 애는 이수훈이야."

"지금 우리 나이는 우리가 죽었을 때의 나이야. 여기서는 나이를 먹지 않거든. 정연이 얘는 나이는 어리지만 우리보다 훨씬 일찍 이곳에 왔어. 어떻게 보면 우리 중에 가장 나이가 많은 거지.”

민국이의 말에 짧은 앞머리를 한 단발머리 정연이가 멋쩍은지 머리를 긁적이며 찡긋 웃었다. 꼭 장난꾸러기 같은 얼굴을 한 채로.

문득 이상한 기분이 들었다. 우리 나이에도 죽을 수 있다니, 한 번도 생각해 본 적이 없는 일이었다. 죽었는데도 이렇게 밝은 얼굴로 지낼 수 있다는 걸 보면 믿을 만한 아이들인 것 같았다.

“너희는 그런데 우리를 왜 도와준 거야?”

“우린 사실 말만 들었지 여기에서 살아 있는 사람을 처음 만나 봐. 몸에서 색이 보인다는 게 이런 거였지 싶더라. 살아 있는 우리 또래를 만나다니 너무 신기하잖아. 아까 상가 뒤에서 놀고 있다가 얼굴이 이상하게 긴 아저씨의 목소리가 들려서 봤더니 너희들이 있었어. 정연이가 너희를 꼭 도와줘야 한다고 우기는 바람에 도와준 거야.”

민국이의 말에 정연이가 자랑스럽게 어깨를 으쓱해 보였다.

“아, 여기에서는 살아 있는 사람들의 몸에서만 색이 보이는구나. 우리는 여기에 얼마 전에 돌아가신 우리 엄마를 만나러 왔어. 내가 사는 세상에선 바로 저 아파트에 살고 있는데 저기로 가면 우리 엄마를 만날 수 있을까?"

럭키 아파트를 가리키며 내가 물었다.

"음 글쎄. 장담할 수 없지. 네 엄마가 여기서 온종일 집에만 있는 것도 아닐 테니까. 수아야, 우리 할 일도 없는데 얘네 엄마 찾는 거 도와줄까?"

민국이 수아를 보고 말했다.

"오빠, 나도 같이 갈래!"

정연이가 민국이를 조르듯 말했다.

"너 그럼 이제 고아야?"

수아가 나를 보며 무표정한 얼굴로 물었다.

"아니, 우리 아빠는 있지."

수아의 질문에 나는 살짝 당황하여 대답했다.

"멀쩡히 아빠도 살아 있는 애를 우리가 군이 도와줘야 해? 얘네가 사람이면 영혼의 돌을 갖고 있을 텐데, 그걸 뺏으려는 헌터라도 나타나서 우리까지 위험에 빠지면 어떻게 해?"

수아가 언성을 높이며 민국이를 향해 말했다. 수아의 얼굴은 더없이 차가워 보였다. 그나저나 헌터가 나타나 위험하다고? 그건 또 뭘까?

"우리가 그렇다고 딱히 할 일이 있는 건 아니잖아? 헌터를 만나본 적도 없고. 여기서 처음 만난 친구들인데 우리가 좀 도와주자. 하루하루가 똑같고 우리 요새 재미있는 일도 없잖아."

수아가 난처한 얼굴로 몇 초 동안 고민하는 듯하더니 마지못해 고개를 끄덕였다. 정연이는 수아의 대답에 신이 났는지 자리에서 방방 뛰었다.

"정말 고마워! 진짜로."

주은이가 밝은 표정을 지으며 높은 목소리로 말했다.

우선 아파트로 가서 엄마가 있는지 확인해 보기로 했다. 우리 집 문 앞에서 가슴이 벌렁거린 채로 비밀번호를 누르고 들어섰다. 문이 열리자 휑한 거실이 눈에 들어왔다.

"엄마! 엄마!"

큰 소리로 엄마를 부르며 이 방 저 방을 들어가 보았다. 텅 빈 집에 엄마를 찾는 목소리가 메아리치듯 곳곳에서 울리는 것만 같았다. 혹시나 엄마가 숨어 있을까 해서 침대 밑, 옷장 문까지 모두 살펴보았지만 역시나였다. 엄마가 숨어 있을 리가 없잖아? 엄마를 꼭 만날 것 같다는 확신에 찬 기대가 컸던 만큼 빈집을 마주한 나의 마음이 높은 곳에서 빠른 속도로 낙하하듯 바닥으로 떨어졌다. 갑자기 숨이 막혔다. 그때, 뜨거운 무언가가 내 심장 깊은 곳에서 올라오는 걸 느꼈고 그것이 내 입 밖으로 순식간에 폭발하고 말았다.

"엄마… 엄마…"

다른 친구들이 나를 보고 있거나 말거나 나는 주저앉아 큰 소리로 울부짖었다.

＊

"네가 눈물을 흘리는 바람에 아크로 가루가 지워졌나 봐. 네 얼굴에서 색이 다시 보여. 이거 좀 더 뿌려봐."

수아가 가루가 든 주머니를 건네주며 어색한 말투로 말했다. 얼마나 울었던 걸까? 아무 말 없이 나를 기다려준 친구들이 고마웠다. 처음에는 우리를 도와주는 걸 내켜 하지 않던 수아였기에 더 고마웠다.

"우리 일단 네 엄마를 찾으려면 계획을 세워야 할 것 같아."

민국이의 말에 우리는 거실 소파에 둘러앉았다.

"있잖아, 죽고 나면 살아 있을 때 가장 행복했던 곳에서 머무르려는 경향이 있어. 이곳에 온 지 얼마 안 된 영혼일수록 더. 왜냐하면 좋았던 기억을 다 잊기 전에 다시 한번 꼭 느끼고 싶거든. 그러니까 너희 엄마가 가장 좋아하셨던 곳이나 행복했던 기억이 있는 곳을 되짚어 가보는 게 좋을 것 같아. 나랑 수아도 우리 동네 정산공원에서 만났어. 그곳은 내가 우리 엄마 아빠와 함께 자전거도 타고 피크닉도 하던 곳이야. 수아도 자기 가족들하고 자주 놀러 갔던 곳이고. 우리는 그 공원을 돌아다니다가 만나서 친구가 되었어."

"나는 이곳에서 산 지 엄청 오래되었는데 아직도 옛날에 우리 오빠와 놀던 뒷산에 올라가서 가끔 나무 아래서 낮잠도 자고 그래. 우리 오빠에 대한 기억은 이제 잘 안 나는데 그 장소에 대한 기억은 확실하니까."

정연이는 나이치고 엄청 야무지게 말했다. 이곳에서 오래 살아서 그런가?

"그런데 너희들처럼 살아 있는 사람들은 이곳에서 다닐 때 항상 조심해야 해."

수아가 다리를 꼬고 앉아 눈을 동그랗게 뜨며 진지한 목소리로 말했다.

"아까 말했듯이 막다른 세계에는 산 사람들을 잡고 싶어 하는 헌터가 있어. 우리도 소문만 들었지 사실 만나본 적은 없어. 헌터 역시 우리처럼 죽은 사람인 건데 귀신으로 치면 악귀 같은 거지. 헌터들은 영혼의 돌을 빼앗기 위해 산 사람들을 잡으러 다닌대. 그 돌로 뭘 하려는지 몰라도 절대로 너희는 그들에게 잡혀서는 안 돼."

"헌터는 어떻게 생겼어? 왠지 무시무시하게 생겼을 것 같은데."

주은이가 걱정되는 눈빛으로 물었다.

"헌터들도 우리와 똑같이 생겼기 때문에 생긴 모습으로 구분할 수가 없어. 그래서 너희가 알아서 조심하는 수밖에."

"그럼 아까 본 그 아저씨가 네가 말하는 헌터야?"

주은이가 묻자 수아가 몇 초 생각하다 대답했다.

"그건 확실치 않아. 이곳에 사는 보통 망자들도 산 사람들을 보면 저세상에 두고 온 가족들에게 안부나 메시지를 주기 위해 끈질기게 쫓아다니며 못살게 굴 수 있거든. 그렇다고 해서 너희를 해치거나 영혼의 돌을 뺏으려는 그런 나쁜 의도는 없을 거야. 그냥 너희에게 부탁하고 싶은 것뿐이니까. 하지만 아까 그 아저씨가 어떤 의도로 너희에게 접근했는지는 우리가 알 수가 없으니 일단 도망치고 본 거야."

"정말 고마워. 아무것도 모르고 이곳에 와서 너희들을 만나지 않았으면 어땠을까 싶어."

주은이가 겁에 질린 듯 긴장한 표정으로 말했다. 수아는 주은이의 고맙다는 말에도 우리를 아직 경계하는지 무표정으로 일관했다.

"참, 우리 아까 막다른 세계에 오자마자 말하는 까마귀를 봤어. 너희도 혹시 본 적 있어?"

주은이가 눈썹을 위로 치켜들며 말했다. 궁금할 때마다 나오는 주은이 특유의 표정이다.

"응, 너희도 만났구나? 까마귀는 이 막다른 세계의 영물이야. 우리가 처음 이곳에 왔을 때 여기가 막다른 세계라는 것을 알려준 것도 까마귀였어. 그러니까 이곳의 지킴이 같은 그런 존재야. 그런데 나도 처음 만났을 때 말고는 까마귀와 말해본 적이 없어. 우연히 보기도 쉽지 않은데 너흰 운이 좋았네. 처음 봤을 땐 나도 정말 신기했어."

민국이가 갑자기 신이 나서 설명했다.

"언니, 막다른 세계도 사람들의 세계처럼 똑같이 시간이 흐르면서 변하거든? 발전하는 거 있잖아, 높은 건물을 짓는 거. 여기는 인간 세상처럼 천천히 건물이 올라가는 게 아니라 어떤 때가 되면 갑자기 있던 건물이 사라지고 하루아침에 새것이 생겨나기도 해. 나는 여기서 오래 살아서 금영이 많이 변한 걸 직접 봤거든. 그럴 때마다 까마귀가 나타나서 말해줘. 지금 있는 곳이 내일이면 없어지니 지내는 곳을 옮기라고. 그러니까 까마귀는 여기에서 무서운 동물이 아니야, 오히려 고마운 새야."

"그렇구나. 아참, 너희는 혹시 우리에게 하고 싶은 부탁 같은 게 있어? 아까 그 아저씨처럼 말이야. 인간 세상으로 돌아가면 대신해주었으면 하는 것들. 우리가 진짜로 도와줄 수도 있잖아. 그전에 우리처럼 어린 나이에 어쩌다가 여기에 오게 되었는지 물어봐도 돼?"

주은이가 조심스럽게 물었다. 민국이가 수아를 쳐다보자 수아가 고개를 끄덕이며 민국에게 말해도 된다는 신호를 주었다.

"난 여기에 온 지 3년이 조금 넘었는데 이곳에 오게 된 건 사고 때문이었어. 엄마가 절대로 혼자서는 타지 말라 그랬는데 엄마 몰래 학원에 킥보드를 타고 갔거든. 그날 하필 거리에 사람들이 많았는데 빨리 가고 싶어서 차도로 달리다가 돌부리에 바퀴가 걸리는 바람에…. 거기까지는 기억이 선명한데 눈을 떠보니 여기였어."

민국이의 얼굴이 슬픈 표정으로 바뀌었다.

"엄마 아빠 말을 안 들어서 이렇게 된 것 같아 너무 미안해. 엄마 아빠가 내가 죽고 난 후에 얼마나 괴로워하셨을까? 아직도 나 때문에 힘들어하실까 봐 그게 너무 걱정돼. 킥보드도 절대 안 된다고 한 걸 내가 우기고 우겨서 생일 선물로 받았거든. 절대로 차도에서 안 타겠다고 약속했었는데…. 아마 나는 부모님께 미안해하는 마음 때문에 영혼의 세계에 올라가지 못하고 여기 막다른 세계에 있나 봐. 여기 막다른 세계는 죽은

지 100일 이내의 망자들과 세상에 미련이나 원한이 많은 망자가 지내는 곳이라고 했거든."

민국이의 말이 끝나자 정연이가 얼른 민국이에게 다가가 등을 토닥였다.

"부모님께 너의 미안한 마음을 전달하고 싶은 거야? 만약 그런 거면 내가 너희 부모님을 만나 민국이 너의 마음을 꼭 전해줄게."

"정말? 그래 줄 수 있어? 내가 우리 집 주소 나중에 알려 줄게. 너희가 그렇게만 해준다면 나도 어쩌면 영혼의 세계로 올라갈 수 있을지도 몰라. 그곳은 우리가 알고 있는 천국처럼 정말 행복한 생각만 하면서 편안한 영혼으로 지낼 수 있대. 먼저 돌아가신 우리 할머니 할아버지도 만나고, 내가 키우던 우리 강아지도 만날 수 있을 것 같아."

민국이가 슬픈 표정에서 설레는 얼굴로 바뀌며 한층 높아진 목소리로 말했다. 덩달아 정연이의 표정도 엄청나게 신나보였다.

"이제 다시 움직이자. 얼마 안 있으면 여기도 곧 어두워지기 시작할 거야. 그러니까 네 엄마를 찾으려면 서두르는 게 좋을 거야."

수아가 차가운 목소리로 단호하게 말했다. 아무래도 수아가 아이들 사이에서 대장인 것 같다. 수아와 정연이의 사연도 궁금했지만 수아의 말이 옳았다. 엄마를 찾을 여섯 번의 기회가 있고, 벌써 그중 한 번의 여행에서 절반 이상의 시간을 보낸 것만 같다. 서둘러야 한다.

우리는 일단 아파트를 벗어나기로 했다. 어디로 가야 할지 막막했다. 엄마가 좋아했던 곳이나 행복했던 기억이 깃든 장소는 어디일까? 엄마는 나와 함께 할 때 항상 행복해 보였다. 아니, 사실 엄마의 행복에 대해서 생각해 본 적이 없는 것 같다. 엄마와 있을 때 내가 행복했으니까 엄마도 당연히 나와 함께하는 시간이 가장 행복할 것이라고 짐작했다. 엄마가 곧 나이고 내가 곧 엄마였으니까. 나와 함께 있지 않을 때의 엄마에 대해선 정말이지 생각해 본 적이 없다.

우리 엄마의 삶은 행복했을까? 갑자기 궁금해졌다. 늘 바쁜 아빠와 항상 어리광 많은 아들과 지내는 엄마의 하루하루는 어땠을까? 엄마의 취미는 뭐였을까? 엄마가 좋아하는 운동이나 음악은 어떤 거였지? 엄마가 좋아하는 음식조차 떠올려 보려 해도 생각나지 않는다. 어쩌면 한 번도 엄마가 좋아하는 것들에 대해 궁금해 본 적이 없었다. 엄마도 늘 내가 좋아하는 걸 좋다고 했으니까. 엄마를 잃고 나서야 새삼 엄마에 대해 궁금해진다.

엘리베이터가 1층에 다다르자 어느 날 아침 일찍 등교하는 나와 함께 엘리베이터를 타고 나가는 멋진 차림의 엄마가 떠올랐다. 엄마는 그동안 들어보고 싶었던 강의를 드디어 듣게 되었다고 나에게 자랑했었다. 엄마는 평소보다 무척 신이 나 보였다. 엄마가 혹시 그곳에 있는 게 아닐까 하는 생각이 들었다.

"저렇게 오래 떠 있는 무지개는 처음 보네. 무지개색이 엄청 뚜렷하고 예뻐. 너희는 매일 이런 걸 보면서 지내는 거야?"

막다른 세계에 도착한 지 벌써 몇 시간은 지난 것 같은데 여전히 머리 위로 커다란 무지개가 하늘을 감싸듯 떠 있었다. 나는 이 신기한 광경을 친구들과 함께 즐기고 싶어 흥분하며 말했다.

"여기 막다른 세계에선 매일 있는 일이야. 밤에도 저렇다니까? 어떨 때 보면 우리를 감시하는 것도 같고, 난 좀 그래."

민국이는 뭔가 썩 마음에 들지 않는다는 듯이 말했다.

"정말? 항상 이렇다고? 너무 예쁘잖아. 우리가 사는 세상보다 여기가 더 아름다울 줄이야…."

주은이가 민국이의 말에 아랑곳하지 않고 감탄하며 말했다.

"언니, 밤에도 무지개가 저 상태라니까? 어쩔 땐 저 무지개가 우리들의 몸에서 색을 나 가셔서 버린 것만 같아. 그리고 언니도 며칠만 지나면 무지개가 있는지 없는지 눈에 들어오지도 않을걸?"

정연이가 어른스러운 말투로 말했다. 죽는다는 건 겨우 몸의 색을 잃은 채 이렇게 아름다운 무지개를 보며 사는 것일까? 엄마가 떠난 뒤 너무나 힘들었던 지난날들이 떠오르며 기분이 이상해졌다.

우리는 어느새 낡은 낮은 상가 건물 앞에 도착했다. 이곳 5층에 우리 엄마가 다녔던 기초 영어 통번역 교실이 있다.

"문화센터 건물이 이렇게 낡았었나?"

주은이가 나를 보며 신기한 듯 말했다.

"우리 엄마는 이런 곳에서 공부하면서도 좋았나 보네."

나는 오래된 교실을 둘러보며 말했다. 아무도 없는 텅 빈 교실을 보자 다시 마음이 확 가라앉았다.

"이 정도면 낡은 건물도 아니야. 우리는 지난번에 성내산 뒤쪽에 놀러 갔다가 다 쓰러져 가는 판자촌을 봤어. 금영에 아직 그런 곳도 있더라고. 보기만 해도 으스스해서 바로 도망 나왔잖아, 그렇지 수아야?"

민국이가 수아를 쳐다보며 얘기하자 수아는 대수롭지 않다는 듯 고개를 살짝 끄덕였다.

"참, 너네 여기서 좀 둘러보고 있어 봐. 아까 우리가 갖고 있던 아크로 가루를 전부 써 버렸거든. 나가서 가루를 좀 더 찾아서 올게!"

민국이가 수아, 정연이를 데리고 계단 아래로 사라졌다.

교실에 남은 나와 주은이는 혹시 엄마에 대한 어떤 단서라도 찾을 수 있을까 싶어 교실 안을 찬찬히 살펴보기 시작했다. 선생님 자리 옆 책장에서 반별로 구분된 폴더들을 발견했다. 엄마가 다니는 아침반 폴더를 열자 수강생들의 자기소개서와 원서가 들어있었다.

"여기에 우리 엄마가 쓴 게 있어!"

나도 모르게 서류 뭉치들 속에서 엄마의 글을 발견한 데 쾌감을 느끼며 소리쳤다. 우리는 함께 엄마의 자기소개서를 읽기 시작했다.

학부에 다닐 때부터 꿈꾸던 통번역 일을 하기 위해 지원하게 되었습니다. 영문학 전공을 한 저는 서울의 통번역 대학원에 합격했으나 결혼 후 남편의 일과 갑작스러운 임신으로 금영시로 이사 오면서 통번역에 대한 꿈을 잠시 접어 두었습니다. 아이를 양육하는 즐거움과 가정을 돌보는 일로 나의 꿈과 점점 멀어졌지만, 아이가 어느 정도 크고 나니 나의 꿈을 다시 펼치고 싶다는 마음을 품게 되었습니다. 통번역 일이야말로 집에서 일하며 동시에 가족에게도 충실할 수 있는 저에게 맞는 일이라는 확신이 들었습니다……

태어나서 처음으로 엄마가 쓴 글을 읽었다. 내가 아는 엄마와 다르게 너무나 낯설게 느껴졌다. 엄마도 나처럼 학교에서 공부하며 꿈을 키우던 사람이었다는 사실이 당연한 일인데도 새롭고 이상했다. 학교에서 오면 늘 나를 두 팔 벌려 반겨주고 맛있는 음식을 해주며 맛있게 먹는 나를 향해 가장 행복한 모습을 보이던 우리 엄마. 나 때문에 하고 싶었던 공부나 일을 포기했던 걸까?

"아줌마도 우리 엄마처럼 일하고 싶으셨나 봐. 나는 집에 계시는 아줌마를 보고 늘 네가 너무 부러웠는데."

주은이가 엄마의 자기소개서를 들여다보며 말했다.

늘 할머니와 지내는 주은이를 보며 가엾다고 생각했던 적이 있었다. 집에서 나를 기다려주는 엄마가 있다는 사실을 당연하게 생각했었다. 엄마에게 미안한 마음이 들었다. 엄마의 자기소개서를 얼굴에 대고 엄마를 떠올렸다. 엄마의 글씨를 얼굴에 맞대며 엄마를 조금이라도 느끼고 싶어졌다. 엄마가 내 옆에서 완전히 떠나고 나니 엄마의 빈자리가 사무치게 그립다. 종이에서 마치 엄마의 냄새가 나는 것만 같았다. 종이를 만질수록 엄마가 없다는 게 실감 나서 이 세상을 살아갈 자신이 없어졌다.

"이제 어디로 가야 할까? 아무 생각이 나질 않아. 여섯 번의 여행 안에 엄마를 못 만나면 정말 어쩌지? 주은아, 우리가 엄마를 영영 찾지 못할까 봐 너무 겁나."

단번에 엄마를 찾을 것만 같은 자신감이 있었는데, 막상 이곳에 와보니 막막하고 어디로 나아가야 할지 갈피가 잡히지 않았다.

"아줌마가 돌아가신 지 이제 겨우 두 달 조금 넘었으니까 분명 여기 막다른 세계 어딘가에 계실 거야. 열심히 찾으러 다니다 보면 꼭 만나겠지."

주은이가 내 어깨 위에 자기 손을 올리고 용기를 주었다. 나와 함께 이곳에 와줬다는 사실이 새삼 고맙게 느껴졌다.

그때, 교실 밖에서 웅성웅성 소리가 들렸다. 주은이가 밖으로 나가자며 교실 밖으로 내 손을 잡아끌었다. 그런데 복도 끝에서 우리 쪽으로 걸어오는 한 무리를 발견했다. 그중 한 명의 얼굴이 유난히도 긴 걸 보니 막다른 세계에 도착하자마자 마주쳤던 그 무서운 망자인 것 같았다. 순간 발이 얼어붙은 듯 꼼짝할 수가 없었다.

"저기에 애들이 있나! 내 말이 맞지? 저 남자애 얼굴 한쪽에 색이 희미하게 보이잖아!"

우리를 알아본 아저씨와 그의 무리가 우리를 향해 달려오기 시작했다.

"수훈아, 뛰어! 어서!"

주은이가 내 손을 잡아끌며 달리기 시작했다. 우리는 반대편 계단으로 뛰어가 건물 아래로 내려가기 시작했다. 무리가 우리를 따라 우르르 뛰어 내려오는 소리가 들렸지만, 도저히 뒤를 돌아볼 여유도 자신도 없었다. 무작정 뛰기 시작했다. 숨이 터질 것만 같았다. 어느덧 날이 벌써 어둑어둑해지고 있었다. 타이밍도 절묘하게 상가 맞은편 길에서 우리에게 돌아오고 있던 민국이와 아이들을 발견했다.

"애들아, 아까 만났던 그 아저씨가 다른 망자들과 함께 우리를 잡으러 오고 있어!"

아이들을 향해 달리며 주은이가 다급하게 외쳤다.

"멈춰! 거기 서!"

"너희를 해치지 않을 거야! 좀 서 봐, 이야기 좀 하게!"

뒤에서 쫓아오는 그들 중 누군가가 우리를 향해 큰소리로 외쳤다. 우리는 그 소리에 아랑곳하지 않고 무조건 달렸다. 달리기가 비교적 느린 정연이를 민국이와 수아가 손으로 잡아 끌며 도망쳤다.

"이쪽으로 따라와! 내가 몸을 숨길 만한 데를 알아!"

수아가 우리를 이끈 곳은 막다른 세계에 처음 도착했던 아파트 뒷산 방향이었다. 뒤에서 따라오는 무리의 소리가 점점 들리지 않았다. 제법 그들을 따돌린 것 같았다. 입이 바짝 말랐고 이러다 내 심장이 터져 버리는 게 아닐까 생각하던 찰나 수아가 잎이 늘어진 큰 나무 뒤에 마치 동굴처럼 몸을 숨길 만한 곳으로 들어갔다. 그곳은 좁은 공간이었지만 우리 다섯이 모여 앉을 수 있는 정도의 크기였다. 한참 지나도 숨이 잦아들지 않았다.

"정말 고마워."

내가 헐떡이며 힘겹게 인사를 전하자 셋은 별일 아니라는 듯 뿌듯한 얼굴을 한 채로 거칠게 숨을 고르며 어깨를 으쓱해 보였다.

"주은아, 너 정말 용기 있더라. 난 아까 너무 놀라서 다리가 움직여지지 않았어."

나는 장난스럽게 주은이의 긴 생머리를 헝클며 고마움을 표시했다. 얼마 전까지 학교에서 친구들에게 놀림을 받고 힘없이 엎드려 있던 내 친구 주은이가 이렇게 용기 있는 아이라는 사실이 새삼 놀랍고 또 고마웠다.

"내가 너 내신 성신 똑바로 자리고 있을게."

주은이가 씩씩하게 웃으며 대답했다.

어느새 어둑어둑해지던 하늘에 해가 거의 떨어지기 직전이 되었다. 정말 신기하게도 민국이의 말처럼 날이 어두워지는데도 여전히 무지개의 형태와 색이 아침에 봤던 모습 그대로 남아 있었다.

"진짜 저 무지개는 볼수록 신기하네."

나는 이 기이한 현상을 넋 놓고 바라보며 말했다.

"어때? 계속 보니까 저 무지개의 존재가 어딘가 좀 꺼림칙하지 않아?"

민국이가 키득키득 웃으며 말했다.

"나는 저 무지개가 참 좋던데? 죽었다고 해서 너무 우울해하지 말고 하늘을 보며 위안을 얻으라는 것 같기도 해. 저 무지개를 보고 있으면 마음이 편안해질 때가 있거든."

수아는 민국이의 말에 반박하며 말했다. 수아처럼 우리 엄마도 이곳 어디에선가 무지개를 보며 마음의 위안을 얻고 있었으면 좋겠다.

"정말 신기하다. 뭔가 아름다우면서 조금은 슬픈 것 같은 느낌이야. 참, 막다른 세계가 어두워지면 우리는 우리 세상으로 돌아간다고 할머니가 그랬는데, 벌써 돌아갈 시간이 다 되어가나 봐."

어두워지는 하늘을 바라보니 마음이 착잡해졌다.

"어! 저기 까마귀다!"

민국이가 저 멀리 땅과 가깝게 날고 있는 까마귀 한 마리를 가리켰다.

"오늘 금영에 까마귀가 자주 날아다니나 보네."

수아도 빤히 까마귀가 날아가는 쪽을 바라보며 말했다.

어쩌면 이방인인 우리를 감시하러 까마귀가 다시 온 것만 같아 기분이 이상했다. 주은이도 나와 같은 생각이었는지 나를 쳐다보며 불안한 눈빛을 보냈다.

"자, 이거 아크로 가루야. 사실 여기 산에 있는 바위를 긁으면 나오는 가루이긴 한데, 별 거 아닌 것 같지만 이 가루가 너희의 색을 가려주니까 내일 다시 돌아오면 가장 먼저 이걸 발라."

수아가 아크로 가루 주머니를 나에게 건네며 말했다.

"고마워."

나는 진심을 담은 목소리로 수아에게 말했다.

"저기, 이거는 우리 집 주소야."

민국이가 쭈뼛쭈뼛 주소를 적은 종이를 꺼내어 나에게 건네주었다.

"우리 엄마 이쁘는 새벽 경사를 하시는네 만약 혹시나 성말 찾아간다면 오후 시간에는 집에 계실 거야."

민국이의 목소리가 작아졌다.

"응, 내일 꼭 찾아가 볼게, 약속해."

나는 민국이의 쪽지와 아크로 가루를 내 바지 주머니에 집어넣으며 말했다. 바지 주머니 위로 볼록한 영혼의 돌도 만져졌다. 왠지 안심되는 느낌이다.

"내일, 아까 우리가 처음 만났던 시간 즈음에 여기에서 다시 만나자. 네 엄마를 찾는 거 우리가 계속 도와줄게."

민국이가 다정한 목소리로 말했다.

정연이는 뭐가 그리 좋은지 방글방글 웃으며 민국이를 껴안았다.

"정말 고마워, 얘들아."

주은이가 인사를 전하는 순간 주은이의 몸이 지지직거리며 흔들려 보였다. 마치 통신이 끊긴 화면처럼.

"얘들아, 너희 몸이 이상해."

민국이가 깜짝 놀란 얼굴로 소리쳤다. 그 순간 해가 막다른 세계에서 완전히 종적을 감췄다.

뜨거운 빛줄기가 커튼 사이의 작은 틈으로 들어와 침대에 누워 자고 있던 나의 눈을 조준해 정확히 쏘았다. 나는 갑자기 무서운 악몽에서 깨어난 듯 번뜩 눈을 뜨고 주변을 확인했다.

침대 맞은편 하얀색 키 큰 옷장 문에는 내가 어렸을 때부터 아끼던 갖가지 변신 로봇 스티커들이 덕지덕지 붙어 있었다. 그 스티커들을 보니 갑자기 마음이 편안해졌다. 침대에서 일어나 기지개를 켜고 방문을 열었다. 식빵을 굽는 고소한 향기와 엄마가 좋아하는 진한 커피 향이 내 방으로 들어왔다. 저절로 내 얼굴에 따뜻한 미소가 번졌다. 너무나 익숙한 아침 냄새, 너무나 그립던 그 익숙함이다.

"엄마!"

나는 힘차게 소리치며 주방으로 들어갔다. 프라이팬에 붙은 달걀프라이를 뒤집으려 뒤집개를 들고 애를 쓰는 양복 차림의 아빠가 서 있었다. 아빠는 달걀을 뒤집는 데 몰두해서 내가 주방에 들어갔는데도 나를 쳐다보지도 않았다.

"일어났니? 씻기 전에 아빠가 준비한 아침 먼저 먹어라. 아빠는 이것만 해놓고 먼저 출근할게."

아빠의 목소리에 갑자기 타임머신을 타고 과거에서 살다

현재로 돌아온 것처럼 엄마가 없는 이 현실과 다시 마주했다. 문득 어젯밤 막다른 세계에 다녀왔다는 사실이 떠오르며 바지 주머니에 손을 넣어 물건들이 다 들어 있는지 확인했다. 영혼의 돌, 아크로 가루, 그리고 민국이의 집 주소까지 모두 바지 주머니에 있었다. 정말 말도 안 돼….

"수훈아, 너 괜찮니?"

달걀프라이를 어설프게 성공한 아빠는 아무 말 없이 서 있는 나를 향해 걱정스럽게 물었다.

"괜찮아요."

나는 물건들을 얼른 다시 바지 주머니에 넣고 식탁에 앉으며 말했다. 아빠와의 사이는 아직 냉랭했지만, 아빠가 나에게 대화를 시도하고 싶어 한다는 것쯤은 알 수 있었다. 아빠는 맞은편에 커피잔을 들고 앉았다.

"학교는 잘 다니고 있니? 신발장 위에 돈 올려놨어. 필요한 거나 먹고 싶은 게 있으면 그걸로 사 먹어. 오늘 저녁도 아빠는 일 때문에 늦을 거 같은데 맛있는 거 시켜 먹고. 혼자 있기 싫으면 주은이 할머니한테 부탁해서 주은이 좀 와 있어 달라고 할까?"

아빠는 랩을 하는 것처럼 빠른 속도로 말했다. 내 대답을 듣고 싶은 것인지 듣기 싫은 것인지 알 수 없을 정도로 하고 싶은 말 다음에 또 다른 말을 연달아서 했다. 이런 점은 내가 아빠와 참 닮은 것 같다. 어색하거나 불편할 때 나는 상대에게 끊임없이 말을 걸곤 하는데, 아빠도 어지간히 나와 대화하는 것이 불편한 모양이다.

"괜찮아요, 아빠. 저 혼자 있을 수 있어요."

나는 더 이어질 아빠의 질문들을 미리 차단해 버렸다. 사실 누군가에게 어제의 일에 대해서 너무나 말하고 싶다. 죽은 사람들이 사는 세상으로 여행을 떠났던 일이며, 그곳에서 새로운 친구들을 사귄 일, 그리고 우리를 쫓아오던 망자들에게서 벗어나려고 죽을힘을 다해 도망쳤던 일들을 하나도 빠짐없이 털어놓고 싶었다. 다만 그 이야기를 하고 싶은 상대가 지금 내 눈앞에 앉아 있는 아빠는 아니다. 지금쯤 잠에서 깨어났을 주은이에게 달려가고 싶다. 아침을 먹을 기분이 아니라 나는 자리에서 일어나며 말했다.

"아빠, 저도 이제 준비하러 그만 일어날게요."

화장실에서 세수하고 나와 보니 아빠는 이미 출근하고 난 뒤였다. 싱크대 옆에는 아빠의 커피 컵, 그리고 아무도 손을 안 댄 달걀프라이 접시가 올려져 있었다. 나는 갈아입은 바지 주머니에 막다른 세계에서 가져온 물건들을 옮겼다. 책가방을 메고 서둘러 주은이 집으로 내려갔다.

초인종을 누르자 주은이 할머니가 문을 열고 나를 반갑게 맞이해주셨다.

"수훈아, 잘 다녀왔니? 주은이에게 있었던 일은 대충 들었다."

"할머니, 저희 죽은 사람들한테 쫓기다 정말 큰일 날 뻔했어요! 왜 망자들이 우리를 보면 쫓아올 거라고 말씀 안 해 주셨어요? 진짜 무서웠단 말이에요. 다행히 거기서 만난 친구들이 우리를 도와줬어요."

나는 어제 일어난 일들을 보고라도 하듯 할머니께 재잘재잘 떠들었다. 할머니가 우리를 마지못해 거기로 보내 주셨다는 사실을 잊어버린 채 괜한 푸념과 어리광을 부리고 있었다.

"조심하고 또 조심해야 한다."

할머니는 걱정스러운 눈으로 나의 머리를 쓰다듬으며 강조했다. 그때 준비를 마친 주은이가 책가방을 메고 방에서 나왔다. 나를 발견하고는 현관까지 한걸음에 달려왔다. 한눈에 봐도 어제의 일을 같이 이야기하고 싶어 안달이 난 게 분명하다.

"그래서 우리 이따가 민국이 부모님을 만나러 가는 거지?"

주은이가 눈을 동그랗게 뜨고 물었다. 등굣길은 학교로 향하는 동네 아이들로 북적북적했다. 막다른 세계에서 봤던 우리 동네는 한여름임에도 한적하다 못해 스산했는데 아이들의 기운이 가득한 이곳은 덥다 못해 뜨겁다.

"응, 오늘 학교 끝나자마자 가야지. 약속을 지켜야 우리가 오늘 막다른 세계에 갔을 때 애들을 다시 볼 수 있지 않겠어?"

"맞아. 그런데 민국이 부모님이 우리 얘기를 믿어주실까? 갑자기 가서 '저희가 죽은 아들을 만났는데 이 말을 꼭 좀 전해 달래요.' 이러면 정말 황당해하시지 않을까?"

주은이가 걱정스럽게 말했다. 주은이의 말에 머리를 한 대 얻어맞은 것 같았다. 우리의 말을 전달할 생각만 했지 상대가 믿지 못할 거라는 생각을 해보지 않았기 때문이다.

"일단 약속을 했으니까 가보자. 약속을 지키는 게 우리에게 더 중요하니까."

온종일 수업에 집중할 수가 없었다. 종이 울리기만을 기다렸다. 주은이도 별반 다르지 않은 것 같았다. 학교에서부터 민국이의 집 앞에 도착할 때까지 민국이의 부모님께 어떻게 설명을 해야 할지 좀처럼 감이 오지 않았다. 아침에 주은이가 말했듯 어느 날 어린 애들이 찾아와 죽은 아들이 보내서 왔다고 말을 한다면 그 부모님은 분명 우리가 예의 없는 장난을 치고 있다고 생각하실 게 당연했다. 준비 없이 성급하게 가고 있다는 생각에 민국이의 집에 가까워지자 막막하고 긴장이 되기 시작했다.

초인종을 누르자 울리는 음악 소리에 맞춰 내 심장이 쿵쾅쿵쾅 뛰기 시작했다. 주은이도 긴장했는지 아무 말 없이 두 손을 모아 손가락을 꼼지락거렸다. 현관문 안쪽에서 강아지가 짖는 소리가 들렸고, 곧 강아지를 제지하는 목소리가 들렸다.

"누구세요?"

우리 엄마보다 나이가 조금 더 들어 보이는 짧은 머리의 아줌마가 문을 살짝 열면서 말했다. 아줌마의 선한 인상이 민국이와 꼭 닮아 있어 한눈에 민국이의 엄마임을 알았다. 강아지가 짖으며 문틈으로 나오려 하자 아줌마가 단호하게 말하며 강아지를 안아 들었다. 강아지는 긴 금색 털을 가진 작은 크기의 귀여운 포메라니안이었다.

"민아, 쉿! 괜찮아, 괜찮아. 착하지?"

강아지를 안고 문밖의 우리를 발견한 아줌마의 눈이 동그래지며 물었다.

"안녕 얘들아, 무슨 일이니?"

나는 마치 입이 얼어붙은 듯 아무 말을 할 수가 없었다. 여기까지 와서 도대체 왜 입이 떨어지지 않는 것인지 답답한 마음에 얼굴이 달아올랐다. 주은이는 그런 나를 슬쩍 보더니 조심스럽게 대답했다.

"아, 안녕하세요. 저희는 민국이 친구예요. 드릴 말씀이 있어서 왔어요."

순간 민국이 엄마의 눈이 흔들리는 게 선명하게 보였다. 혼란스러운 표정으로 아줌마가 말했다.

"우리 민국이 친구들이라고?"

"네, 맞아요."

드디어 내 입에서 말이 새어 나왔다.

아줌마는 여전히 상황을 이해하지 못한 혼란스러운 얼굴로 강아지를 한번 쓰다듬고는 문을 활짝 열어 주었다.

"그래, 잠깐 들어올래?"

아줌마를 따라 들어간 민국이의 집은 햇살이 잘 들어오는 환한 집이었다. 복도를 따라 벽에는 민국이네 가족사진이 큼지막하게 걸려 있었다. 어제 막다른 세계에서 본 민국이보다 서너 살은 더 어려 보였다. 사진 속 민국이의 엄마는 지금보다 훨씬 젊어 보였다. 민국이의 아빠는 민국이를 한쪽 팔로 꼭 안아주며 너무나 행복한 미소를 짓고 있었다.

아줌마는 우리를 거실 소파로 안내하고는 강아지를 내려놓고 마실 것을 챙겨오겠다고 부엌으로 들어갔다. 어떻게 말을 꺼내야 할지 도무지 모르겠다. 그냥 부딪혀 보는 수밖에.

"수훈아 저기 좀 봐."

주은이가 가리키는 거실 밖 베란다에는 우리가 탈법한 자전거와 스케이트, 킥보드가 줄을 서 있었다. 마치 민국이가 이 집에 아직도 사는 듯한 느낌이었다. 그제야 텔레비전 옆 책꽂이에 빽빽이 꽂힌 만화책들, 전집들, 그리고 중간중간 세워져 있는 민국이의 사진들을 발견했다. 민국이가 어렸을 때 썼던 삐뚤삐뚤한 글씨의 편지가 코팅되어 세워져 있고 민국이의 어린 시절부터 어제 막다른 세계에서 만난 모습까지 한자리에 일렬로 전시되어 있었다. 우리가 집을 구경하는 동안 강아지는 우리를 경계하면서도 궁금한 듯 고개를 갸웃거리며 쳐다봤다. 아줌마가 쟁반에 음료와 간식거리를 챙겨 나오자 강아지가 아줌마 쪽으로 꼬리를 흔들며 달려가 앞다리를 들었다. 안아 달라는 신호 같았다.

"민아, 옳지. 엄마가 안아줄게."

아줌마는 쟁반을 거실 탁자에 올려놓고 강아지를 안으며 말했다.

"얘 이름이 민이야. '민'은 집에서 민국이를 부르던 애칭이었거든."

아줌마가 씁쓸하게 웃었다.

"오늘도 엄청 덥던데 마실 것 좀 먼저 들어."

말이 끝나기가 무섭게 우리는 차가운 주스를 벌컥벌컥 마셨다. 나는 무슨 맛인지 깨닫기도 전에 주스 한 잔을 한번에 마셔 버렸다. 이제 어쩌지?

큰 심호흡을 한 후 용기를 내어 입을 열었다.

"믿기 힘드시겠지만, 저희가 사실 어젯밤 자는 꿈에 민국이라는 친구를 처음으로 만났어요. 그곳에서 우린 친구가 되었고, 민국이가 가족에게 하고 싶어 하는 이야기를 전해주기로 약속했어요. 그래서 민국이가 알려준 주소로 이렇게 오게 된 거예요."

아줌마가 놀란 눈을 하고 나의 이야기를 진지하게 경청하기 시작했다. 나는 다시 말을 이어나갔다.

"민국이가 부모님께 미안하단 말을 꼭 좀 전해 달래요. 부모님 말씀을 안 듣고 차도에서 킥보드를 타다가 사고를 당했다고 부모님이 혹시나 그것 때문에 여전히 힘들어하고 계실까 봐 걱정하고 있어요. 민국이는 그곳에서 잘 지내고 있고 부모님께 이 마음을 잘 전달하면 마음이 편해져서 좋은 곳으로 갈 수 있을 것 같대요."

생각보다 찬찬히 해야 할 말을 잘 전달한 것 같다.

"저희 말이 정말 이상하게 들리시죠?"

"정말, 말도 안 돼."

아줌마는 갑자기 격하게 흐느끼기 시작했다. 강아지가 우리를 보며 큰소리로 몇 차례 짖은 후 아줌마의 얼굴을 혀로 핥기 시작했다.

주은이가 서둘러 소파 옆 탁자 위 휴지 한 장을 뽑아 아줌마에게 건넸다. 얼마 동안 아줌마는 말없이 계속 눈물을 흘리셨다. 우리는 한참 동안 그저 가만히 앉아 기다리는 수밖에 없었다.

"그래, 너희 말대로 정말 말도 안 되는 이야기이네. 우리 민국이가 내 꿈도 아니고, 한 번도 만나본 적 없는 네 꿈에 나타나 그런 이야기를 한다니 말이야."

아줌마가 어느 정도 마음을 추스르고 휴지로 눈물을 닦으며 입을 열었다.

"그런데 내가 너희의 말을 믿을 수밖에 없는 건, 나와 민국이 아빠를 제외하곤 아무도 민국이가 킥보드를 타다가 사고를 당한 사실을 모르기 때문이야."

강아지는 아줌마를 위로하듯 계속 아줌마의 얼굴을 핥았고, 아줌마는 옅은 미소를 지으며 이어 말했다.

"고마워, 우리 민국이의 말을 전해주러 와서. 민국이가 그곳이 어디든 잘 지낸다니 너무나 다행이다. 아줌마가 안심이야. 지난 3년 동안 아줌마 꿈에 민국이가 한 번도 나와주지 않아서 너무나 야속하고 그리웠거든."

"아줌마, 괜찮으신 거죠?"

연신 눈물을 흘리는 아줌마가 신경 쓰였다. 내가 엄마를 생각하며 울 때는 몰랐다. 다른 사람이 누군가를 그리워하며 우는 걸 보는 것이 이렇게 안타까운 일이라는 걸.

"응, 반가워서 자꾸 눈물이 나는 거야. 시간이 흘러서 아무도 민국이 이야기를 옆에서 해주는 사람들이 없었는데, 너희가 와서 이렇게 이야기해주니까 반갑고 고마워서. 누군가 민국이의 존재를 알아주는 것만으로도 감격스럽네. 정말 고마워."

아줌마는 눈물을 훔치며 더 활짝 웃어 주었다.

주은이에게 그만 일어나자고 말하려는데 주은이도 눈물 콧물이 범벅이 된 얼굴을 휴지로 닦고 있었다.

"저흰 그럼 이만 가볼게요."

내 말에 주은이는 젖은 얼굴을 지우며 일어섰다. 아줌마도 강아지를 안고 일어섰다.

"미안한데 혹시 아줌마가 한번 널 안아봐도 될까?"

고개를 끄덕였다. 아줌마는 강아지를 내려놓고 내가 민국이라도 된 듯 나를 꼭 껴안고 한참을 서 계셨다. 나도 우리 엄마가 살아 돌아와 나를 꼭 껴안아 주는 듯한 기분이 들었다.
강아지 민이가 꼬리를 흔들며 나와 아줌마의 주위를 뱅글뱅
글 놀았다.

제3장

엄마 이야기

기분 좋은 바람이 내 머리칼을 간질간질 건든다. 마치 단잠이 든 나의 머리칼을 엄마가 부드러운 손길로 천천히 쓸어주던 때처럼 평온하다. 다시 깊은 잠속으로 빠져들려는데 주은이의 목소리가 너무나 또렷하게 귓가에서 들린다.

"깼으면 그만 일어나. 여기 막다른 세계야."

나는 그 소리에 깜짝 놀라 눈을 번쩍 떴다.

자리에서 일어나 바지 엉덩이에 묻은 흙을 털어내며 무의식적으로 하늘을 올려보았다. 어제와 마찬가지로 커다란 무지개가 막다른 세계를 감싸 안고 있었다. 민국이의 말처럼 저 무지개가 지금 우리를 감시하고 있는 걸까? 그렇다기엔 너무나 아름답고 황홀하다.

나는 손을 주머니에 넣어 구슬과 아크로 가루가 잘 들어 있는지 확인한 후 아크로 가루가 든 주머니를 꺼내 주은이에게 건네며 물었다.

"그런데 애들이 정말 우리를 도와주러 나와 있을까?"

"벌써 우리를 기다리고 있을 것 같은데? 내가 민국이라면 우리가 자기 집에 다녀왔는지 너무 궁금할 것 같아. 빨리 가보자."

가루를 바른 후 우리는 서로에게 보이는 색은 없는지 꼼꼼히 확인했다. 몸이 완전히 무채색으로 변할 걸 확인한 후 우리는 서둘러 아파트 뒷산으로 향했다.

"오늘은 어디로 가서 아줌마를 찾아볼까? 생각해 본 곳이 있어?"

"내가 어제 잠들기 전에 곰곰이 생각을 해봤는데 아무래도 서울 할머니 집에 가봐야 할 것 같아. 엄마 자기소개서에 쓰인 꿈을 보니까 어쩐지 우리 아빠랑 결혼하기 전, 그러니까 나를 낳기 전에 꿈이 가득했던 그때를 그리워하는 것 같았어. 할머니 할아버지와 살던 서울 집이 엄마가 가장 행복했던 곳일 것 같아."

말을 하며 나도 모르게 조금 서글픈 감정이 들었다. 엄마가 나를 가지면서 엄마의 꿈을 포기하고 불행해진 걸까? 엄마에 대해서 하나도 아는 게 없는 어린애가 된 느낌이다.

우리는 어렵지 않게 어제 아이들과 헤어진 동굴 같은 공간을 찾았다. 늘어진 나뭇가지늘을 거누고 머리를 숙여 농굴로 향하자 그곳에 벌렁 누워있는 정연이와 양반다리를 하고 마주 앉아있는 민국이와 수아가 우리를 기다리고 있었다.

"오! 잘 찾아 왔네. 안 그래도 너희를 찾아 나서야 하나 이야기하던 중이야."

민국이가 엄청 반가운 표정으로 신나게 말했다. 정연이는 자리를 잡고 앉은 주은이의 무릎을 스스럼없이 행복한 표정으로 베고 누웠다. 주은이는 그런 정연이가 귀여운지 강아지를 만지듯 정연이의 머리를 쓰다듬었다.

"그래서 오늘은 어디로 가볼 거야? 생각은 해 봤어?"

수아가 물었다. 어제보다 조금은 더 친절해진 수아의 말투에 내 기분도 덩달아 좋아졌다.

"혹시 막다른 세계에 기차는 다녀? 서울에 있는 우리 외할머니 집에 가보려고! 항상 서울 갈 때는 기차를 타고 갔는데 여기서는 어떻게 가야 하는지 모르겠다."

"기차뿐 아니라 버스와 지하철도 똑같이 다녀. 게다가 돈도 안 내도 돼."

민국이의 말에 주은이의 눈이 커지며 흥분한 목소리로 외쳤다.

"정말 공짜라고? 대박! 그럼 우리끼리 정말 서울에 갈 수 있는 거야?"

할머니가 허락을 안 해준 바람에 학교 소풍도 제대로 못 가본 주은이가 오늘따라 유난히 신이 나 보인다.

우리는 금영시 중심에 있는 금영역으로 서둘러 향했다. 예전에는 적어도 한 달에 한 번은 꼭 기차를 타고 엄마와 함께 갔었다.

막다른 세계의 금영역은 내가 기억하는 모습 그대로였다. 다른 점이 있다면 표를 구매할 필요도 없고 개찰구에 표를 넣을 필요도 없다는 점이었다. 기차 안에는 우리 외에도 다른 영혼들이 곳곳에 자리를 잡고 앉아 있었다. 내 상상 속의 죽은 사람들은 너무나 무서운 모습이었는데, 막상 막다른 세계에서 만난 그들은 흑백일 뿐 외관상 우리와 다를 것 없는 사람의 모습이다.

"참, 민국아, 이 중요한 이야기를 이제야 하네. 어제 나랑 수훈이가 너의 집에 다녀왔어."

"정말? 우리집에 갔다고? 우리 엄마 아빠를 정말로 만났어?"

주은이의 말에 눈이 동그랗게 커진 민국이가 믿을 수 없다는 표정을 하고 흥분한 목소리로 물었다.

"얘기해줘, 얼른 얘기해줘!"

정연이가 강아지 같은 얼굴로 주은이를 쳐다보며 말했다.

"응! 네 엄마를 정말로 만났어. 네 아빠는 집에 안 계셨고. 네가 전달해달라는 대로 그대로 너희 엄마한테 말씀드렸어. 물론 우리 이야기를 듣고 네 엄마가 엄청나게 놀라시긴 했는데 믿어주셨어."

민국이의 눈에 금세 눈물이 가득 찼다.

"네 부모님은 잘 계신 것 같고, 네 이야기를 들려드리는 것만으로도 너무나 반가워하시고 또 안도하셨어. 네가 꿈에 한 번도 나오지 않아서 너무 그립고 보고 싶으셨대. 참, 너의 집에 민이라는 이름의 강아지가 있더라? 엄청 귀여운 포메라니안이었어. 네 엄마를 엄청나게 잘 따르더라고."

민국이는 손으로 얼굴을 가린 채 흐느끼기 시작했다. 옆에서 수아가 민국이의 어깨를 어루만져 주었다. 정연이는 우는 민국이를 보며 어쩔 줄 모르는 표정이었다.

"이름이 민이라니, 민이는 엄마 아빠가 나를 부르던 애칭이야."

"네 생각이 많이 나셨겠지. 그래서 그런지 네 엄마가 강아지를 엄청나게 예뻐하시더라. 그리고 집에 아직도 너의 물건들이 전부 그대로 있는 것 같았어. 네 부탁으로 간 게 아니었다면 정말 우리 나이의 아이가 사는 집이라고 생각했을 거야."

주은이가 따뜻한 미소를 지으며 민국이에게 말했다.

"혹시 내가 엄마 아빠 말 안 듣다 이렇게 되어서 미안해한다고도 전해줬어?"

민국이가 나를 쳐다보며 물었다.

"응, 그 얘기도 했지. 네 엄마는 다 이해하시는 눈치셨어. 이제 미안해하지 않아도 돼. 너의 엄마 아빠도 너와 나중에 만나는 날만을 기다리며 열심히 사실 거야."

내가 손을 내밀어 맞은편에 앉은 민국이의 손을 잡았다.

"고마워, 정말 고마워. 지금 내 기분을 어떻게 설명을 못 하겠어. 마치 하늘을 날아갈 것처럼 마음이 가볍고 편안해."

민국이는 눈물을 흘리면서도 밝은 미소를 지었다. 민국이의 어깨에 손을 올리고 토닥토닥 위로해주던 수아는 잠시 생각에 잠긴 듯 보였다. 정연이는 민국이의 감정에 이입해 곧 눈물이 터질 것 같은 안타까운 표정으로 민국이를 바라보았다. 무슨 일이라도 생기는 걸까? 알 수 없는 마음으로 서울역에 도착할 때까지 내가 민국이의 엄마를 만나고 왔듯 우리 엄마를 찾을 수 있을까 생각했다.

한 시간 정도 후에 기차가 서울역에 다다르자 가장 먼저 눈에 들어오는 서울의 푸른 하늘에는 금영에서 봤던 그 커다란 무지개가 떠 있었다. 마치 기다렸다는 듯 우리를 맞이하고 있었다.

엄마를 볼 수 있다는 기대와 설렘에 가득 차 기차에 올랐던 것에 비하면 도착했을 때의 마음은 더없이 무거웠다. 엄마와의 추억, 엄마의 얼굴, 엄마의 목소리를 생각하면서 오다 보니 엄마를 마지막으로 본 게 훨씬 더 아득한 옛날처럼 느껴졌다. 엄마가 서울에도 없으면 어쩌지? 우울한 생각이 머릿속을 가득 채웠다.

"나 차가운 물로 세수 좀 하고 올게. 저기 정문 앞에서 기다리고 있어."

나는 아이들에게 이야기하고 빠른 걸음으로 화장실로 향했다.

세면대에서 눈을 꼭 감고 차가운 물로 연거푸 얼굴을 때리고 나니 정신이 확 드는 느낌이었다. 엄마를 꼭 찾아야 한다. 스스로 주문처럼 외우며 고개를 든 순간 거울 속에 내 뒤로 어떤 남녀가 나의 세수가 끝나기만을 기다린 듯 음흉한 표정으로 노려보고 있었다.

"우리가 예상한 대로 살아있는 아이가 분명하네, 얼굴에 보이는 저 영롱한 색깔 좀 봐."

남자가 세수로 인해 아크로 가루가 지워진 내 얼굴을 노려본 채로 여자에게 말했다.

"그럼 이 아이가 정말로 생명의 돌을 가지고 있다는 거네요."

"영혼의 돌!"

남자가 빽 소리를 내며 여자의 실수를 지적했다.

"왜 소리를 지르고 그래요, 애 놀라게. 애 꼬맹아, 네 이름이 뭐니? 이곳엔 어떻게 왔어?"

여자가 얼어붙은 나의 어깨를 톡톡 치며 물었다.

나는 아주 천천히 뒤를 돌아봤다. 키가 큰 호리호리한 남자의 얼굴은 텔레비전에서 보던 악당처럼 눈이 가늘고 길고 인상이 매우 험악했다. 얼굴만 봐도 왠지 좋은 사람은 아닐 것이란 예감이 강하게 들었다. 반면에 여자는 왠지 위험한 사람 같아 보이지는 않았다. 긴 머리를 아래로 묶은 학생 같기도 하고 젊은 엄마 같아 보이기도 했다.

"너는 누구며 이곳에 어떻게 왔는지 얼른 설명해 보라고!"

남자가 나를 다그치며 위협적인 목소리로 물었다. 나는 그대로 얼어 버렸다.

"백산씨, 애들은 그렇게 다루면 무서워서 입을 열지 않는다니까. 왜 자꾸 소리를 지르고 그래. 좀 가만히 있어 봐요."

여자가 고개를 좌우로 두 번 흔들더니 인상을 쓰며 남자를 향해 말했다.

"이런 애송이는 몇 대 콱 쥐어박으면 술술 털어놓을 텐데, 뭘!"

캭 소리와 함께 화장실 바닥에 침을 뱉고 남자가 화장실 밖으로 나가 버렸다. 남자가 나가자 여자는 갑자기 얼굴을 바꿔 따뜻한 미소를 띤 후 다시 질문했다.

"애, 겁먹을 필요 없어. 저 아저씨는 저기 밖으로 나갔으니까 이제 아줌마한테 이야기해 볼래? 기차에서 너희가 하는 이야기를 들었어. 우리가 너희 바로 뒷자리에 앉아 있었거든. 그냥 너 같이 살아 있는 애가 여기에는 어떻게 왔으며 어떻게 그 세계로 다시 돌아갈 수 있는지가 궁금해서 그래. 내가 사람들의 세상으로 가서 반드시 내가 해야 할 일이 있거든, 그걸 네가 좀 도와줘야겠어."

"저는 죽은 사람들을 산 사람이 사는 세상으로 데려가는 방법을 몰라요."

내가 조심스럽게 말했다. 아닌 게 아니라 나는 정말 망자들을 우리 세상으로 데려가는 법을 모른다. 할머니도 그런 얘긴 해주시지 않으셨다.

"그러면 네가 가지고 있는 그 영혼의 돌을 우리에게 넘겨 줘. 그거면 돼."

부드러웠던 여자의 목소리가 단호하게 바뀌었다. 순식간에 나의 온몸에 닭살이 확 돋았다.

"너에게 어떤 나쁜 마음이 있어서가 아니야. 그러니까 아줌 마가 이렇게 좋게 부탁할 때 순순히 네 돌을 주겠니? 아까 그 무서운 아저씨가 나서기 전에 말이야."

"하지만 저도 우리 엄마를 만나려면 이 돌이 꼭 필요해요. 돌을 잃어 버리면 저는 알 수 없는 공간에 갇혀서 우리 세상 으로 돌아가지도 이곳에 머무르지도 못한다고 들었어요. 제가 사라져버린다고요. 우리 엄마도 못 만났는데 이대로 아무것도 못 해보고 아줌마에게 돌을 줘버릴 순 없어요."

갑자기 두려움과 억울함에 눈에서 눈물이 흐르기 시작했 다. 겨우 두 번째 모험에서 아무것도 해보지 못하고 이대로 내 가 저 세상 어딘가에 갇혀버린다는 건 받아들일 수 없다.

"울지 마, 꼬마야. 그런데 여기에 네 엄마를 찾으러 왔다 고?"

내가 울자 여자는 몹시 당황했는지 부들부들 떨리는 손으로 내 눈물을 닦아주며 물었다.

"네, 저는 작별인사도 하지 못하고 엄마와 헤어졌어요. 엄마가 왜 나를 기다리지도 않고 아무 말도 없이 그렇게 내 곁을 떠나가 버렸는지 꼭 물어봐야 해요. 제발 제가 엄마를 찾을 수 있게 도와주세요. 저를 그냥 보내주세요."

"나도 아이가 있었단다. 그 아이도 너처럼 엄마를 잃었지. 어느 날 집에 강도가 들었고 나는 그 아이를 지키려다 여기에 오게 되었거든. 나는 그 아이가 잘 지내고 있는지, 또 그 강도는 제대로 법의 심판을 받았는지 꼭 확인해야만 해. 너를 헤치거나 곤경에 빠뜨리기 위해 돌을 뺏으려는 게 아니야. 네 마음을 모르겠는 것도 아니고. 이런 상황에 놓인 건 정말 미안한데 네가 이 아줌마를 좀 이해해줬으면 좋겠구나."

여자는 진심으로 미안한 얼굴이었다. 저 말은 즉 기어코 영혼의 돌을 가져가야 한다는 뜻이다. 순간 온몸에 털이 곤두섰다. 나는 주머니 속에 손을 넣어 돌을 확인했다. 여기에서 어떻게 해서든 반드시 벗어나야 한다.

"돌 받아냈어? 애라고 마음 약해져서 또 주저하고 있던 거 아니지? 이러면 내가 어쩔 수 없이 나설 수밖에 없잖아."

밖에서 기다리던 남자는 인내심이 바닥이 났는지 화장실로 다시 들어오며 공격적인 말투로 여자에게 물었다.

"백산씨, 아직 어린 애예요. 말로 살살 달래면 받아낼 수 있어요."

여자가 나를 대변하듯 얘기했다.

"나는 여섯 살 때 부모라는 작자들한테 버림받고 고아로 내 편 하나 없이 그렇게 혼자 커 왔어. 우린 죽은 사람들이야, 정신 차려. 인정 따윈 개나 줘 버리고 우린 우리 할 일만 하면 돼. 날 여기로 보낸 인간을 직접 찾아가 다 박살 내 버릴 거야."

남자가 무섭게 나를 쏘아보며 말했다. 남자의 눈빛과 마주치자 나는 다리가 덜덜 떨리다 못해 하마터면 바지에 오줌을 쌀 뻔했다. 나를 도와줄 사람은 없을까 눈알을 굴려 화장실 주위를 살펴봤지만 그 누구도 보이지 않았다.

"살려주세요, 저 좀 그냥 보내주세요. 제 돌을 가져가셔도 어차피 제가 사는 세상으로 가실 수 없을 거예요. 영혼의 돌에는 살아 있는 사람의 피가 들어 있는데 그 피의 주인만 돌아갈 수 있다고 들었어요. 제가 돌아가서 아줌마 아저씨가 하시려던 일 어떻게 해서든 대신 꼭 해드릴게요, 부탁드려요. 우리 엄마를 한 번만 만나볼 수 있도록 그냥 저를 보내주세요."

나도 모르게 두 손을 모아 싹싹 빌며 간절하게 말했다. 얼굴이 눈물 콧물로 범벅이 되었다.

"백산씨, 백산씨도 알고 있었어요? 돌을 손에 넣는다고 해도 우리 그 세상으로 다시 못 돌아가나 봐. 이러면 우리가 지금까지 돌을 찾아다닌 의미가 없는 것 아냐?"

여자가 남자를 보며 혼란스러운 표정을 지었다.

"못 돌아가면 어때? 일단 살아 있는 저 녀석을 만난 게 우리에게 행운이지. 이렇게 된 거, 저 녀석을 잡아 길성재 형님에게 데려가자고. 그 형님께 직접 저 꼬마의 영혼의 돌을 갖다 바치면 우리의 뒤를 잘 봐줘서 이곳 생활도 더 편안해질 거야. 그 형님이 영혼의 돌을 모아 힘을 받는다는 소문은 들어봤지? 잘하면 우리의 공을 높이 사서 우리를 인간의 세계로 보내줄지 몰라. 그때 가서 복수해도 늦지 않아. 지긋지긋한 이 세계에서 우리도 뭔가는 변화를 좀 줘 보자고."

남자는 음흉한 미소를 지으며 말했다. 길성재라는 사람이 누군지는 몰라도 느낌상 막다른 세계에 사는 헌터들의 우두머리인 것은 분명했다. 갑자기 닥친 나의 이 비극적인 운명에 어떻게 대처해야 할지 막막하고 아무 생각이 나질 않았다. 그저 주머니 속에 손을 넣고 돌을 꼭 쥐고 있는 것밖에 달리 할 수 있는 게 아무것도 없었다.

"백산씨, 내가 백산씨를 따라서 영혼의 돌을 찾아 헤맨 건 우리가 살아 있을 때 살던 세계로 돌아갈 수 있다는 믿음 때문이었어요. 만약 영혼의 돌을 찾아도 우리가 돌아갈 수 없다면 여기서 멈춰야지, 불쌍한 이 아이를 그 무시무시한 작자한테 넘기긴 왜 넘겨요?"

여자는 매우 당황한 듯 절망스러운 목소리로 남자에게 말했다. 여자에게서 아이를 생각하는 엄마의 모습이 보였다.

"내가 저 애를 생각해줄 필요가 뭐가 있어? 나는 한 번도 그 누구로부터 도움이나 이해를 받아본 적이 없다고. 이 세상은 나에게 언제나 잔인하고 험난했어. 저 애가 어리다고 해서 예외가 되어서는 안 되지."

단호하게 말하는 남자의 얼굴에서 어떠한 인간적인 감정도 읽을 수가 없었다. 남자가 한쪽 입꼬리를 올린 채 천천히 내 쪽으로 다가오기 시작했다.

그때였다.

"수훈아, 아직 안에 있어?"

민국이가 나를 찾으며 화장실로 들어왔다. 순간, 이 위기를 모면할 수 있는 기회가 왔다는 생각과 함께 나 때문에 친구를 또다시 위험에 빠뜨릴지도 모른다는 두려움이 교차했다.

"수훈아!"

어른 둘과 대치하고 있는 나를 발견한 민국이는 혼란스러운 얼굴로 나를 불렀다. 민국이 역시 위험을 감지했는지 더는 들어오지 못한 채 그 자리에 얼어붙었다.

"아까 기차 같이 타고 온 친구구나? 용케 여기까지 와서 친구도 사귀었네. 쟤도 설마 사람인 건 아니겠지?"

남자는 뭐가 재미있는 건지 히죽대기 시작했다.

"지금이야, 도망가!"

때마침 여자가 나와 민국이를 향해 큰소리로 외치며 남자를 두 팔로 확 안고 밀쳐 같이 바닥으로 쓰러졌다. 남자의 외마디 비명과 함께 바닥으로 철퍼덕 넘어지는 둔탁한 소리가 화장실 안에 울려 퍼졌다. 이 모든 상황이 혼란스러웠지만 나는 재빨리 화장실 바닥에 쓰러진 두 남녀를 지나쳐 민국이의 손을 잡고 전속력으로 밖으로 달려 나갔다.

서울역 정문 근처에 모여 있는 친구들 무리가 보였다.

"애들아, 달려! 도망가야 해!"

무시무시한 괴물이 쫓아오고 있다는 상상을 하며 전속력으로 달렸다. 아이들도 상황을 눈치챘는지 역 밖으로 함께 달리기 시작했다. 주은이가 정연이의 손을 잡고 달리며 내가 잘 따라오는지 곁눈질로 계속 확인했다. 뒤에서 뭐라고 소리치는 남자의 목소리가 희미하게 들렸지만 나는 절대로 뒤돌아볼 수 없었다. 멀리 까마귀 한 마리가 우리를 등지고 날아가는 게 보였다.

우리는 다리에 힘이 풀려 더는 앞으로 나아가지 못할 때까지 달렸다. 어느덧 뒤에서 쫓아오던 그 남자의 소름 끼치는 목소리도 더는 들리지 않았다. 어느 정도 거리가 벌어졌다고 확신한 순간 우리는 모두 땅에 주저앉아 숨을 골라야 했다. 멀리서 북을 두드리는 듯 큰 소리로 빠르게 뛰는 서로의 심장 소리가 귓가에 울렸다.

"도대체 무슨 일이야? 수훈아, 너 다치지 않았어?"

주은이가 숨을 헐떡이며 걱정되는 말투로 물었다. 방금 화장실에서 일어난 이야기를 들려주자 정연이는 공포영화를 본 것처럼 무서워하며 수아의 손을 꼭 잡았다.

"나도 막다른 세계에 정말 무서운 헌터가 있다고 예전에 들은 적이 있다? 막다른 세계와 현실 세계를 오가는 방법을 알고 있고, 그걸 악용해서 이곳의 어두운 세력들을 장악했다고. 뭐 그런 비슷한 이야기를 듣긴 했는데 실제로 존재하는지는 정말 몰랐어. 설마 같은 인물은 아니겠지?"

민국이가 놀라워하며 얘기했다.

"진짜 한순간에 꼼짝없이 여기서 사라질 뻔했네. 기차 여행에 푹 빠져서 방심하고 있었나 봐. 수훈아, 우리 정말 이제라도 정신을 똑바로 차려야 되겠다."

주은이가 나의 손등 위에 자신의 손을 올려놓고 토닥여주며 말했다. 아직도 놀란 가슴이 진정이 되지 않던 나는 주은이 손의 온기가 느껴지자 점차 안심되는 것을 느꼈다.

"그나저나 우리처럼 여기 막다른 세계에 오래 산 망자들은 어느 순간 이 짐을 다 내려놓고 그냥 떠나고 싶어질까? 가족과 친구들, 그리고 살아 있을 때의 기억들 다 내려놓고 떠나고 싶을 만큼 막다른 세계 다음의 세상도 좋은 곳일까?"

아까 기차에서부터 고민이 가득한 얼굴을 했던 수아가 민국이와 정연이에게 질문했다.

"글쎄, 나는 여기서 수아 너와 정연이와 함께 쭉 지낸다고 해도 전혀 나쁘지 않을 것 같은데? 그렇지만 여기에 오래 산 망자들이 왜 그렇게 이곳을 떠나고 싶어 하는지 궁금하기는 해. 우리를 여기에 붙잡고 있는 마음의 짐이 없는 세상은 어떨까?"

민국이의 말에 수아의 표정이 더 어두워졌다.

"이러다가 민국이 너마저 여기를 떠나버리는 건 아니겠지? 너 없이 여기서 지내는 건 생각해 본 적도 없는데…"

수아가 말끝을 흐렸다. 수아의 말에 정연이는 깜짝 놀란 듯 눈을 토끼처럼 크게 뜨며 말했다.

"안돼, 안돼! 오빠, 우리는 막다른 세계의 삼총사잖아. 오빠와 언니는 나와 함께 꼭 있어 줘야지!"

"내가 갑자기 떠나버리기라도 하겠어? 설마."

민국이가 고개를 갸웃거리며 생각에 빠진 듯하더니 곧 웃으며 정연이의 머리를 쓰다듬었다.

"수아와 정연이 너희도 우리가 도와줄 수 있는 일이 있으면 얘기해줘. 민국이 엄마를 만난 것처럼 너희의 마음을 편하게 해줄 수 있는 일이라면 주은이랑 내가 무엇이든 해줄게."

나는 둘을 번갈아 바라보며 말했다. 민국이와 다르게 우리에게 늘 마음의 벽을 세우고 있는 듯한 수아에게 어떤 사연이 있는지 궁금하기도 했다. 순간 커다란 수아의 눈망울에 눈물이 확 차오르는 것처럼 보였다.

"고마워, 나도 한 번 생각해 볼게. 그런데 이제 더 늦어지기 전에 네 할머니네 집으로 가야 하지 않을까?"

수아의 말에 나는 갑자기 얼굴에 차가운 물을 뿌린 듯 정신이 들었다. 어서 엄마를 찾으러 가야 한다.

얼굴에 아크로 가루를 다시 바르고 친구들과 함께 할머니 집으로 향했다. 버스를 타고 이동하는 중에도 그 아저씨가 우리를 쫓고 있지는 않을까 주변을 살피며 긴장을 놓칠 수 없었다.

버스에서 내리자 너무나 잘 아는 익숙한 동네가 보여 나의 마음이 안심되었다. 내가 좋아하던 뽑기 기계가 있는 오래된 작은 문방구, 그 옆 좁은 골목 담벼락에 그려진 나무 그림, 골목을 지나면 나오는 쉼터 뒤편에 내가 어렸을 때 엄마와 심은 체리 나무까지 현실의 모습을 그대로 막다른 세계에 옮겨 놓은 것만 같다. 도대체 막다른 세계와 내가 사는 세상은 어떻게 연결이 되어있는 것일까?

초록색 지붕의 할머니 집이 보이기 시작하자 엄마를 만날 수도 있다는 희망으로 나의 발걸음은 점점 빨라졌다. 할머니 집은 어려서부터 내가 지구상에서 가장 좋아하는 곳이다. 오래된 나무 계단의 삐걱거리는 소리를 들으며 엄마가 결혼 전에 쓰던 방과 연결된 옥상 다락으로 올라가는 것이 내가 할머니 집에 오는 것을 좋아하는 가장 큰 이유였다. 엄마가 어려서부터 모은 보물들, 일기장, 사진들까지 다 모여 있는 다락은 나의 아지트 같은 공간이었다. 그곳에서 만나는 어린 시절의 엄마는 친구 같기도 하고, 아는 누나 같기도 했다.

파란색 철 대문을 밀자 기름칠이 덜 된 요란한 소리와 함께 문이 열렸다.

"엄마!"

나는 큰 소리로 엄마를 부르며 안으로 뛰어 들어갔다. 무더운 여름, 큰 창으로 햇살이 쨍쨍 들어오는데도 할머니 집안의 기운은 썰렁했다. 아무 인기척이 없는 1층을 지나 단숨에 2층으로 달려가 방문을 확 열었다. 그곳에도 역시 아무도 없다. 허무함이 다시 온몸을 사로잡았다. 나는 엄마가 쓰던 싱글 침대에 그대로 쓰러져 누워 엄마의 베개로 얼굴을 가렸다. 엄마의 냄새를 맡을 수 있지 않을까 기대를 했는데 아무 향도 나지 않는다.

친구들이 뒤이어 방으로 들어왔다.

"여기에도 안 계셔?"

주은이가 실망스러운 내색을 나에게서 감추며 조심스럽게 물었다.

"수훈아, 여기 좀 봐!"

수아가 엄마의 책상에서 다급히 나를 불렀다.

"여기에 네 엄마가 정말 다녀가시기는 했나 봐."

나는 침대에서 벌떡 일어나 책상으로 향했다. 책상 위에는 우리 셋 가족사진과 함께 스프링 공책이 펼쳐져 있었다.

사랑하는 내 아들 이수훈.

이수훈, 이수훈, 이수훈……

다른 내용은 없이 내 이름만 여러 번 쓰여 있었다. 엄마의 글씨체다. 엄마의 끄적임에서 나를 너무나 그리워하는 마음이 느껴진다. 내 심장이 뜨거워졌다. 내가 엄마를 그리워하는 것처럼 우리 엄마도 나를 생각하고 있는 게 분명하다. 역시 우리는 통하는 게 있다니까.

나는 공책에서 내 이름이 쓰인 페이지를 뜯어 고이 접어 영혼의 돌이 든 내 바지 주머니에 넣었다. 그리고 혹시나 엄마가 이곳에 다시 온다면 볼 수 있게 편지를 쓰기 시작했다.

> 엄마, 나 수훈이야. 엄마가 너무 보고 싶어서 여기까지 왔어.
> 내가 꼭 엄마를 찾을 거야. 그러니까 엄마는 아무 걱정하지 마,
> 사랑해.

언제라도 엄마에게 내 자취를 남겨야 할 것 같은 생각에 펜을 내 주머니에 찔러 넣었다. 왠지 이렇게 쪽지를 남기다 보면 곧 엄마를 만날 수 있을지도 모른다. 우리는 서로를 그리워하고 있고, 이 마음이 우리를 연결해줄 거란 단단한 믿음이 생겼다.

신기하게도 항상 잠겨 있었던 책상 가장 아래 서랍의 자물쇠가 열려있는 것을 발견했다. 온갖 보물들이 가득 들어있을 것이라고 상상하며 서랍 문을 열어 달라고 엄마에게 몇 번이

나 졸랐었는데, 그때마다 엄마는 엄마의 비밀창고라고 절대로 열어주지 않았다. 나는 엄마의 비밀이 가득 들어있을 그곳을 어느 정도 양심의 가책을 느끼며 떨리는 마음으로 열어보았다.

어마어마한 것을 기대한 내 생각과 다르게 서랍에는 수백 장의 편지가 쌓여 있었다.

"이게 다 뭐야?"

주은이가 호기심 가득한 얼굴로 나에게 물었다.

"모르겠어, 엄마가 누구한테 받은 편지인가 봐."

"그 편지, 네 것도 아닌데 네가 함부로 열어봐도 되는 거야?"

수아가 날이 선 말투로 말했다.

"편지 안에 힌트가 있을 수도 있어."

민국이는 진지한 표정으로 수아에게 말했다.

누가 이렇게 많은 편지를 써서 엄마에게 주었을까? 주저 없이 첫 번째 봉투에서 편지를 꺼냈다. 그리고 찬찬히 읽어 나가기 시작했다. 편지를 다 읽고 나니 마음이 혼란스러워졌다. 이렇게 편지를 쓸 수 있는 사람이라고? 다른 편지들도 꺼내어 빠르게 읽어 나가기 시작했다.

"이 편지, 전부 우리 아빠가 옛날에 엄마에게 보낸 편지야."

"이게 바로 러브레터라는 거네? 그런데 넌 왜 그런 얼굴이야?"

수은이가 당황한 표정의 나를 보며 물었다.

"우리 아빠가 이런 편지를 쓸 수 있는 사람인지 정말 몰랐거든. 우리 아빠는 늘 바쁘고, 나와 엄마의 존재를 항상 당연하게 여겼단 말이야. 한 번도 우리가 우선순위에 있던 적이 없어."

도무지 이렇게나 사랑스러운 연애편지의 발송인이 우리 아빠라는 사실을 믿을 수가 없었다.

"뭐 너의 부모님은 서로 엄청나게 사랑하셨나 보지."

수아가 왠지 모르게 비꼬듯이 말했다. 정연이는 뭐가 그렇게 재미있는지 키득키득 웃었다. 수아의 말투가 묘하게 신경쓰였지만 나는 그보다 아빠가 보낸 편지의 충격에서 쉽게 벗어나지 못했다.

"우리 엄마가 여기에서 편지를 꺼내어 다시 읽어 봤나 봐."

엄마가 나를 보고 싶어 하는 만큼이나 아빠를 그리워하고 있다는 사실이 섭섭하면서도 괜스레 신기했다.

"아줌마는 너와 아저씨가 그리웠나 보다."

주은이가 다가와 나의 어깨를 만져주며 말했다.

"엄마가 아빠를 많이 안 좋아하는 줄 알았어. 엄마가 사랑하는 사람은 오직 나일 거라고 당연하게 생각했거든. 그런데 이 편지를 보니까 엄마와 아빠 둘은 엄청나게 사랑하는 사이였나 봐."

"야, 네 아버지 엄청 느끼하신데? '너만이 나의 심장을 뛰게 해.'라고 쓰여 있어 여기."

민국이가 아빠의 편지를 읽으며 낄낄댔다. 정연이는 침대에 쓰러질 만큼 민국이의 말이 웃긴 지 한참을 웃었다.

"너는 읽지 마. 우리 엄마와 아빠의 프라이버시란 말이야."

민국이가 들고 있는 편지를 뺏었다. 이유는 모르겠지만 갑자기 내 얼굴이 벌게졌다. 편지들을 모아 다시 제자리에 넣어 두었다. 엄마가 다녀간 흔적을 보니 엄마가 더 보고 싶어졌다. 이제 어디로 가야 할까?

"여기로 오면 엄마를 만날 수 있을 줄 알았는데 아니네. 날이 어두워지기 전에 금영으로 돌아가는 기차를 타자."

창문 너머로 새파랬던 하늘에 주황 물감이 물들어가고 있었다. 벌써 막다른 세계에서의 두 번째 날이 끝나고 있었다.

"수훈아, 오늘 아줌마 못 만났다고 너무 실망하지 마. 아직

네 번의 기회가 더 남았잖아."

주은이가 불안해지려는 내 마음을 알아차렸나 보다. 엄마가 떠나기 전엔 몰랐는데 너무나 든든하고 고마운 친구이다. 나도 주은이에게 그런 존재가 되어 줄 수 있을까?

어느덧 서울역이었다. 표를 받지 않는 개찰구를 통과하고 기차에 오르려는 순간 누가 나를 부르는 소리에 나는 깜짝 놀라 경계하며 주위를 살폈다.

"얘, 꼬마야!"

나를 부르는 사람은 아까 역에서 나를 도와준 여자였다. 그 여자를 보는 순간 옆에 그 남자가 나는 기다리고 있을지도 모른다는 생각에 머리카락이 곤두섰다. 여자의 몰골은 아까 만났을 때와 다르게 형편없었다. 입술은 부르트고 입가에 검은 핏자국 같은 것이 보였으며 윗옷은 뜯긴 듯 찢어지고 머리도 헝클어져 있었다. 엄청난 몸싸움을 하고 난 후의 모습 같았다.

"아줌마, 아까 저 도와 주다 이렇게 되신 거예요?"

친구들에게는 잠시 기다려 달라는 손짓을 하고 여자에게 다가갔다. 정연이는 겁이 났는지 주은이의 손을 꼭 잡고 나를 걱정스러운 눈빛으로 바라보고 있었다.

여자는 다급히 자신의 머리를 매만진 후 얼굴을 손바닥으로 세수하듯 닦아냈다.

"괜찮아. 그나저나 네가 혹시 아까 그 남자한테 붙잡혔을까봐 너무 걱정되어서 여기를 떠날 수가 없었어. 나와 몸싸움을 한 후 바로 너희를 쫓아 나갔거든. 여기서 기다리면 네가 언젠가 다시 돌아오지 않을까 해서 앉아 있었는데 내 생각이 맞았네. 아까 일은 아줌마가 많이 미안해. 나도 살아 있는 우리 아들이 잘 지내고 있는지 너무 걱정되어서 엄마를 찾으러 온 너에게 몹쓸 짓을 할 뻔했어. 너무 창피하고 정말 미안하다."

아줌마의 얼굴에서 진심이 느껴졌다.

"괜찮아요, 아까 도와주셔서 제가 오히려 감사했어요."

여자가 한 손으로 내 오른쪽 뺨을 어루만졌다.

"우리 재영이도 지금쯤 키가 너만큼 자랐을 텐데. 내가 대체 무슨 짓을 할 뻔한 거야…. 미안한데 혹시 이 아줌마가 너를 한 번만 안아봐도 될까? 우리 아이를 안으면 지금쯤 얼마나 컸을지 항상 궁금했거든."

여자의 눈에 눈물이 그렁그렁 맺혔다. 엄마를 만나 안기는 상상을 하며 여자를 꽉 끌어안았다. 여자도 나를 감싸 안아주며 내 머리에 얼굴을 비볐다. 이 여자가 얼마나 자신의 아이를 그리워하고 있을지 상상이 갔다. 엄마가 내 이름을 종이에 수없이 적어놓았던 것처럼.

"네가 꼭 엄마를 찾기를 바란다. 이제 금영으로 돌아가는 거지? 금영이 집이라면 네 엄마가 서울에서 지내실 것 같지는 않네. 보통 막다른 세계에 오더라도 가족과 함께하던 곳에 머무르게 되거든."

"여기에 와서 제가 살던 럭키 아파트에 가장 먼저 갔었는데 거기에는 안 계셨어요…."

그때, 기차가 곧 떠나려는지 경적을 울렸다.

"수훈아, 이제 기차에 타야 해!"

주은이가 초조하게 나를 바라보며 소리쳤다.

"아줌마는 금영으로 안 가실 거예요?"

"나는 여기에 아직 볼일이 남아 있어. 다 끝나면 내려갈 거야. 오늘 정말 미안했다. 이곳에서 엄마를 꼭 만날 수 있기를 바라."

여자는 곧 기차가 출발할 것 같다고 어서 가보라고 재촉했다. 눈인사만 하고 친구들에게 뛰어갔다. 서둘러 기차에 오르고도 차창 밖으로 여자는 우리를 향해 손을 흔들고 있었다. 기차는 곧 출발했고 점점 멀어져가는 여자를 향해 손을 흔들었다. 한참을 뒤돌아보면서, 영영 서울역이 보이지 않을 때까지.

"내일도 우리 도와줄 거지?"

주은이가 초롱초롱한 눈빛으로 민국, 수아, 그리고 정연이를 번갈아 보았다.

"당연하지, 언니!"

말이 끝나기도 전에 정연이가 주은이의 손을 꼭 잡으며 말했다. 아무래도 정연이는 사근사근한 주은이가 퍽이나 마음에 들었나 보다.

"내일 일어나면 럭키 아파트 앞으로 갈게. 거기서 만나자."

민국이도 주은이에게 찡긋 윙크하며 대답했다.

"기차를 타고 집으로 돌아가니까 오늘은 정말 우리끼리 여행을 다녀온 것 같네. 근데 아까부터 마음이 간질거리고 몸이 붕 뜬 것처럼 가벼워지는 느낌이야. 왜 이렇지?"

민국이가 장난스럽게 웃으며 말했다.

"오랜만에 나랑 주은이 같은 또래 친구를 만나서 그런 거 아냐?"

"그런가? 오늘따라 정말 신나!"

"여기 막다른 세계에 온 게 이틀이 아니라 몇 달은 된 기분이야. 하루 동안 이렇게 많은 일이 일어날 수 있다는 게 너무 신기해. 그저께와 어제 침대에서 잠이 들기는 했는데, 또 여기서 내내 돌아다니느라 잠을 한숨도 못 잔 것 같은 그런 상태라 좀 어지러워."

주은이가 이렇게 말하곤 기차 창문에 머리를 기댔다. 우린 모두 동시에 주은이가 기댄 차창 밖으로 시선을 옮겼다. 주황

색과 분홍색이 섞인 아름다운 색으로 노을이 지는 하늘이 총천연색의 무지개와 어우러져 마치 한 점의 수채화 같았다. 갑자기 나도 몸에 기운이 쫙 빠지며 깊은 단잠에 빠져들었다.

오늘은 8월 19일 목요일 오전 7시 20분. 엄마가 내 곁을 떠난 지 두 달 하고 조금 더 지났다. 간밤에 생긴 일이 꿈만 같다고 느껴질 때마다 방금 책상 위에 꺼내둔 영혼의 돌과 엄마에게 쪽지를 남기기 위해 챙겼던 펜, 그리고 엄마가 남긴 쪽지를 보면 실감이 났다. 오늘 밤이면 막다른 세계에 가는 3일째 되는 날이다. 앞으로 막다른 세계로의 여행이 오늘 포함 네 번밖에 남지 않았다. 그 안에 엄마도 찾고 주은이 할머니의 목걸이도 찾으려면 이제부터는 조금 더 서둘러야 한다는 생각에 갑자기 손바닥이 축축해졌다. 잠을 잤는지 안 잤는지 모를 만큼 몸은 찌뿌둥하고 무거운 눈꺼풀이 좀처럼 가벼워질 것 같지 않았다. 아늑함을 만끽하려고 이불 속에 파고들었지만 방문 밖에서 달그락거리는 소리가 들렸다. 아빠는 오늘도 분주하게 아침을 준비하고 있었다.

"수훈이 일어났니? 오늘 아침은 그냥 간단하게 시리얼이야. 아빠가 오렌지 주스는 직접 만들었어. 비타민 섭취가 필요하니 꼭 마시고 등교해라."

나는 대답 대신 고개를 끄덕였다.

아빠는 별다른 요리를 한 것도 아닌 것 같은데 너무나 분주해 보였다. 부엌 안을 쓱 살펴보니 싱크대에는 설거짓거리가 가득하다. 우리 엄마는 뚝딱뚝딱 참 쉽게 요리해서 끼니를 준비하는데 아빠에게는 간단한 아침을 준비하는 것조차 너무나 어려워 보인다. 아빠는 왜 노력할수록 엄마보다 부족한 면이 더 잘 보이는 건지 모르겠다.

세수한 뒤 방에 들어가 옷을 갈아입고 나오니 아빠가 출근하는 중이었다.

"수훈아, 아빠 나간다. 다 먹은 접시는 싱크대에 넣어 놓기만 하면 돼. 우린 저녁에 보자."

미처 내가 대답을 하기도 전에 현관이 닫혔다. 아빠가 출근하러 나간 집은 썰렁했다. 나는 혼자 식탁에 앉아 시리얼을 먹기 시작했다. 오늘따라 숟가락으로 시리얼을 떠먹느라 그릇에 부딪히는 소리가 너무나 크게 들린다. 등교하기 전 아침을 먹으며 엄마와 조잘조잘 얘기하던 그때가 떠오르면서 갑자기 소리 내어 울고 싶어졌다. 누가 보는 것도 아닌데 입술을 꽉 깨물고 눈물을 꾹 참았다. 이 적막한 아침이 익숙해져야 한다.

엄마와 아빠 없이 막다른 세계에서 지내는 친구들이 떠올랐다. 그 애들은 지금처럼 지내는 데 익숙해지기까지 얼마나 걸렸을까? 새삼 그 애늘이 대단하게 느껴진다.

아빠가 갈아준 오렌지 주스를 한 번에 들이켰다. 새콤달콤한 맛이 제법이다. 엄마를 만났을 때 엄마에게 보여주기 위해서라도 나 자신을 잘 챙기며 강해질 것이라고 다짐했다.

"오늘도 수업시간에 졸았다. 망했어! 그나저나 수훈아, 뭐가 진짜인지 모르겠어. 특히 우리끼리 기차를 타고 서울에 다녀왔다는 걸 아직도 정말 믿을 수가 없어. 할머니가 이걸 알면 뭐라고 했을까 수업 시간 내내 그 생각만 했다니까?"

하교를 알리는 종이 울리자 주은이와 나는 약속이라도 한 듯 각자의 반에서 가장 먼저 나왔다. 주은이가 크게 입을 벌리고 하품을 하며 걸어왔다. 주은이가 하품하는 것을 보자 나도 모르게 주은이를 따라 하품했다. 눈에 눈물이 그렁그렁 맺혀서는 주은이의 종알거리는 수다를 들었다.

"나도 그랬어. 주머니 속에 영혼의 돌과 엄마의 쪽지를 보고 '아, 이게 실제로 일어난 일이구나' 했지 뭐."

주은이와 있으면 내가 지금 겪고 있는 일들이 꿈이 아닌 현실이라는 것을 확인할 수 있어 마음이 편안해진다.

"오늘 밤에는 어디로 가볼 거야? 혹시 생각해 본 데 있어?"

"글쎄, 지금 떠오르는 곳은… 음… 금영에 있는 우리 친할머니 집? 할아버지는 내가 여덟 살 때 돌아가셨는데 할머니는 몸이 매우 편찮으셔서 몇 년 전부터 요양병원에 계시거든. 엄마가 자주 가서 빈집 정리도 하고 할머니 짐도 챙겼는데 거기에 어쩌면 우리 엄마가 있을 수도 있을 것 같아."

나는 고민을 하던 중 갑자기 친할머니 집이 떠올랐다. 친할아버지는 살아 계실 적 워낙 무서우셨고, 할머니도 근래에 치매로 편찮아지시면서 우리 엄마가 고생을 좀 많이 했는데 과연 그곳에 엄마가 있을지는 미지수다. 하지만 엄마가 다니던 곳은 모두 가봐야 할 것만 같다.

"사실 잘 모르겠어. 어제처럼 가는 곳마다 쪽지를 남겨서 내가 막다른 세계에 왔다는 걸 엄마가 알 수 있게 표시를 하고 다녀야 할 것 같아. 그리고 이따가 친할머니 집에서도 엄마를 찾을 수 없다면 그다음에 무조건 네 할머니 목걸이를 찾으러 갈 거야. 목걸이를 찾아야만 우리가 남은 시간 마음 편히 막다른 세계에서 엄마를 찾으러 다닐 수 있을 것 같아."

혹시라도 할머니 목걸이를 내가 신경 쓰지 않고 있다고 생각할까 봐 주은이를 안심시켜 주고 싶었다.

"그렇게 하자. 그런데 어떻게든 목걸이는 찾겠지, 뭐. 왠지 할머니의 목걸이는 내가 찾을 수 있을 거라는 이상한 자신감이 들어. 그러니까 막다른 세계에서 네 엄마 찾는 데에는 늘 집중하자."

주은이가 어른스럽게 말했다. 이렇게 주은이는 나의 일을 자기 일처럼 생각해주는데 그동안 주은이가 학교에서 느꼈을 괴로움을 외면했던 나 자신이 왠지 창피하고 초라해지는 느낌이다.

얼굴 위로 톡톡 물방울이 떨어졌다. 깜짝 놀라 잠에서 깼다. 나무에 맺힌 빗방울이 한 방울씩 느린 템포로 내 얼굴을 향해 떨어지고 있었다. 빗방울을 털어내고 벌떡 일어나 앉아 주변을 살폈다. 하늘에 먹구름이 잔뜩 낀 아침이다. 불안하게도 이곳이 막다른 세계임을 느끼게 해주던 무지개가 보이지 않는다. 시꺼먼 뭉치의 구름이 우리가 있는 쪽으로 다가오는 게 보였다. 몇 발자국 옆에 떨어진 주은이도 잠에서 깨어 물기를 털어내고 있었다. 눈을 뜰 때마다 내가 지금 어디에 있는지 모르겠는 이 기분은 나를 묘하게 불안하게 만든다.

"오늘은 비가 엄청나게 오려나 봐. 우리는 우산도 없는데 큰일이다."

주은이가 자리에서 일어나 주변을 살펴보며 말했다.

"저기, 우리 아파트가 보인다!"

주은이가 손으로 우리 아파트 쪽을 가리켰다. 오늘 막다른 세계에서 열린 문은 다행히 우리 아파트에서 가까운 금영 상가 뒤쪽 경로당이 있는 쉼터였다.

"아크로 가루가 빗물에 다 지워질 수도 있겠다. 눈에 띄지 않게 조심해서 다니자."

럭키 아파트 단지에 도착했을 때 우리는 먹구름과의 거리를 어느 정도 벌리는 데 성공했다. 숨을 고르며 놀이터 쪽으로 향하는데 놀이터 근처 처마가 있는 벤치에 앉아 고개를 떨구고 흐느끼고 있는 수아를 발견했다. 주은이와 나는 깜짝 놀라 단숨에 수아에게 달려갔다. 늘 차가워 보이던 수아가 울고 있다니 무언가 잘못된 것이 틀림없다.

"수아야, 무슨 일이야? 왜 울고 있어?"

주은이가 수아의 등을 조심스럽게 어루만지며 말했다. 고개를 든 수아의 커다란 눈이 얼마나 울었는지 통통 부어 있었다.

"아침에 일어났더니 민국이가 사라지고 없었어. 결국, 막다른 세계를 떠나버렸어."

"떠나다니, 그게 무슨 말이야? 민국이가 하룻밤 사이에 어디로 사라져?"

민국이가 갑자기 사라져 버리다니 나는 수아의 말이 전혀 이해가 되지 않았다.

"너희가 민국이의 엄마를 만나고 온 후에 민국이의 마음에 무거운 짐이 사라진 거야. 그래서 여기를 벗어나 좋은 곳으로 가게 된 거지. 어젯밤 까마귀가 민국이를 찾아와서 이곳을 떠나게 될 거라고 민국이에게 그랬대. 다행히 작별인사는 했어. 민국이만 보면 너무 잘된 일인데, 그건 나도 아는데, 이곳에서 민국이 없이 지내는 건 생각해 본 적이 없어서…."

수아가 두 손으로 얼굴을 가리고 흐느끼며 말했다. 나는 수아의 말을 듣자 그제야 상황이 이해가 갔다. 막다른 세계는 죽은 지 얼마 안 된 영혼들과 우리가 사는 세상에 미련과 원한이 가득한 영혼들이 사는 곳이니까 우리의 도움으로 어쩌면 민국이는 가족들에 대한 걱정과 미안함을 덜었고 그래서 이곳을 떠날 수 있었나 보다. 민국이에겐 분명 좋은 일이겠지만 이렇게 인사도 없이 민국이와 이별하게 될 줄은 상상도 못 했다.

"미안해, 우리가 너희의 일에 끼어들면서 수아 네가 이렇게 혼자 남겨질 거라고는 정말로 생각하지 못했어."

주은이가 수아의 등을 어루만지며 위로했다.

"아니야, 너희를 탓하는 게 아니야. 민국이를 생각하면 정말 잘 됐지 뭐. 민국이는 진심으로 너희에게 고마워했어. 그냥 나는 여기에 온 후로 지금까지 줄곧 민국이와 정연이, 그리고 나 이렇게 셋이 지냈기 때문에 민국이 없이 정연이와 둘이 살아갈 거라고는 생각해 본 적이 없었어. 그저 조금 섭섭한 마음이 든 것뿐이야."

수아는 코를 훌쩍이며 말했다.

"참, 내가 아침에 일어나서 우리 동네에 사는 어떤 언니한테 이상한 소문을 들었는데 왠지 어제 너를 도와준 그 아줌마 이야기일 수도 있을 것 같다는 생각을 했어. 민국이가 사라진 걸 알게 된 직후라 주의 깊게 듣지 못했거든? 금영에 사는 어떤 여자가 서울에서 악한 영혼에게 끌려가 저주를 받고 박살이 나서 사라졌다는 거야."

"뭐, 정말? 영혼이 박살났다고? 그게 무슨 말이야?"

나는 갑자기 머리털이 곤두서는 느낌을 받았다. 나를 도와준 바람에 그 여자가 해코지를 당한 거면 어떡하지? 만약 저 소문이 사실이라면 나 때문에 누군가 사라졌을 수도 있다는 생각만으로 머리가 아찔했다.

"그런데 죽은 사람의 영혼도 박살이 나서 사라질 수 있는 거야?"

주은이가 이해가 안 된다는 표정으로 수아에게 물었다.

"응, 마음을 비우고 좋은 곳으로 가서 영원한 휴식을 하는 게 아니고 그냥 더는 존재하지 않게 되는 거래. 쉽게 말하면 영혼이 조각이 나서 흩어지는 거지. 우리처럼 마음의 짐을 내려놓지 못한 영혼들은 문제를 해결하지 못한 채로 사라지는 거니까 어떻게 보면 억울하고 슬픈 엔딩인 거야. 좋은 곳으로 가는 것도 아니고. 그래서 이곳 막다른 세계에선 영혼이 박살이 나는 것을 모두 두려워해."

수아가 설명했다. 우리와 이야기하며 수아의 기분도 조금 나아진 듯 보였다.

"그런데 정연이는 지금 어디에 있어? 설마 정연이한테도 무슨 일이 생긴 건 아니지?"

주은이가 주위를 살핀 후 정연이가 없다는 것을 깨닫고 깜짝 놀란 목소리로 물었다.

"지금 정연이가 그 소문을 확인하러 갔어. 정연이는 막다른 세계에서 우리보다 훨씬 오랫동안 살았기 때문에 이곳에 아는 영혼들이 많거든. 소문의 진상을 확인한 후에 다시 여기로 우리를 만나러 온댔어."

각자의 복잡한 마음을 가지고 우리 셋은 벤치에 말없이 나란히 앉았다. 얼마쯤 지나자 꾸물꾸물한 하늘에 갑자기 굵은 빗줄기가 후두두 떨어졌다.

"수훈아, 저기!"

거센 빗줄기를 걱정스러운 마음으로 바라보던 중 주은이가 내 옷소매를 당긴 후 나를 부르며 가까운 나무 위를 가리켰다. 거기엔 까마귀가 소리 없이 앉아 우리 쪽을 바라보고 있었다. 이곳에 온 첫날 우리에게 말을 건 그 까마귀인지는 알 수 없었지만 우리를 쳐다보는 그 눈빛이 영 마음에 걸렸다.

"우리가 이방인이라 자꾸 우리를 감시하러 따라다니나 봐. 사실 나 어제 서울에서도 몇 번이나 까마귀를 봤거든."

주은이가 한층 더 작아진 목소리로 까마귀를 의식하며 말했다.

"내 생각에도 그런 것 같아. 우리를 공격하지는 않으니까 그냥 못 본 척해."

나 역시 까마귀가 앉은 쪽을 곁눈질로 살피며 작은 소리로 대답했다.

굵은 빗방울이 쉼 없이 바닥을 치는 시끄러운 소리를 들으니 작년 이맘때쯤 엄마가 큰 우산을 쓰고 학교로 나를 데리러 왔을 때가 생각이 났다. 주은이도 나도 깜빡하고 우산을 챙기지 않아 우리는 장대비를 바라보며 감히 교문을 나서지 못하고 있었는데, 그날도 우리 엄마는 슈퍼 히어로처럼 나타나 우리를 구해줬다. 엄마는 항상 그랬다. 어떻게 아는 건지 내가 곤란한 상황에 빠지면 말하지 않아도 나를 위해 나타났다. 언제나 나를 지켜주던 엄마가 사라졌다. 복잡해진 나의 마음을 읽기라도 한 듯 수아가 우산을 건네며 말했다.

"아크로 가루가 지워질 수 있으니 이 우산을 갖고 다녀. 정연이가 언제 올지 모르니까 너희는 엄마를 찾으러 가. 내가 여기에 남아서 정연이를 기다릴게."

"정말 고마워. 이따 날이 저물기 전에 여기로 다시 올게. 그 아줌마 소문이 아니어야 할 텐데…."

나는 말끝을 흐렸다. 아줌마가 혹시나 그 나쁜 아저씨한테 영혼이 박살이 난 거라면 왠지 나 때문일 것 같아서 견디기 힘들 것이다. 하지만 지금은 괴로워할 시간이 없다.

"주은아, 얼른 다녀오자."

우산을 편 후 주은이의 손을 잡아 이끌었다.

할머니 집은 우리 집에서 버스로 15분 거리에 있다. 평생 할아버지를 정성껏 보필한 할머니는 할아버지가 4년 전에 돌아가신 후 갑자기 치매가 왔고, 엄마가 매일 할머니 집을 오가며 보살피다 몇 달 전에 요양원으로 들어가셨다. 빈집임에도 우리 엄마는 사고가 나기 전날까지 환기도 시키고 청소도 했었다. 엄마의 진짜 부모님도 아닌데 왜 그렇게 엄마가 지극정성으로 잘하는지 이해가 되지 않을 때가 많았다. 오히려 아빠는 자기 부모님과 데면데면한 편이었으니까.

비가 너무 많이 와서 버스를 타고 이동하는 게 여간 불편한 게 아니었다. 우산 하나를 같이 쓰고 가느라 어깨 한 쪽이 우산 밖으로 나와 빗물에 젖어 들기 시작했다. 그리고 혹시나 아크로 가루가 지워지지는 않았는지 우리는 서로의 모습을 확인하며 걸어야 했다. 버스 안에서도 우리의 존재가 드러날까 봐 가루를 덧바르며 주변을 끊임없이 살폈다. 기차 안에서 정체를 들켰던 경험 때문인지 누가 우리를 주시하고 있는 것 같은 기분에 버스 안에서 서로에게 말 한마디 하지 않기로 했다.

버스에서 내릴 때쯤엔 비가 잦아들어 한결 가벼운 마음이었다. 오늘은 무사히 엄마를 찾을 수 있을까?

"할머니 집에 가는 걸 별로 좋아하지 않았어. 어렸을 때 항상 할아버지한테 혼나서 눈치 보던 기억 때문에 그 집에 가는 게 너무 싫었거든. 텔레비전을 많이 봐도 혼나고, 소파에 누워 있다고 혼나고, 골고루 안 먹는다고 혼나고, 진짜 괴팍한 할아버지라고 생각했어."

나의 말에 주은이는 키득키득 웃은 후 말했다.

"나는 어렸을 때는 할머니가 영매라는 사실이 아무렇지 않았는데, 이제는 너무 창피하고 원망스러워. 일한다고 나를 할머니 집에 살게 하는 우리 부모님도 밉고. 어쨌든 할머니 덕분에 이곳에 올 수 있었긴 했지만 말이야."

주은이는 어깨를 으쓱하며 말했다. 몰랐던 일도 아닌데 주은이의 입으로 주은이의 상황에 대해 들으니 왠지 측은한 감정이 들어서 나도 모르게 우산을 주은이 쪽으로 기울였다. 나의 한쪽 어깨가 촉촉하게 젖어가는 게 느껴졌다. 그런데 누가 누굴 불쌍해 하는 거야? 문득 가엽고 불쌍한 사람은 하루아침에 엄마를 잃은 나라는 사실이 떠오르면서 우산을 얼른 가운데로 고쳐 들었다.

어느새 비는 잦아들고 우리는 할머니 집 앞에 도착했다. 할머니 집은 낮은 벽돌담에 둘러싸인 이층 양옥집이다. 작은 마당이 있고 연한 초록색 지붕에 붉은 벽돌 건물이 멋들어지게 어울렸다. 할아버지의 해군 임기가 끝나고 할아버지와 할머니는 우리 가족이 사는 금영에 내려와 이 집을 직접 지으셨다. 어린 내가 느끼기에도 할머니 집은 엄숙하고 우중충한 집안

분위기와는 늘 대조되었다. 엄마가 제발 이곳에 있었으면 하는 심정으로 초인종을 눌렀다.

띵동.

아무 대답이 들리지 않았다. 마음이 조급해지려는 찰나에 철컥하고 문이 열렸다.

"아줌마가 계신가 봐!"

문이 열리는 소리에 깜짝 놀란 주은이가 말했다. 나의 가슴 위로 기차가 지나가듯 심장이 빠르게 폭주하기 시작했다. 우리는 서둘러 대문 안마당으로 들어갔다.

벽돌로 쌓인 담 안쪽을 따라 빼곡히 심어진 화단에는 분홍색과 보라색 수국꽃이 만발했다. 여름마다 할머니 집 마당에서 보던 꽃들인데 죽은 영혼들이 사는 이 막다른 세계에서도 이렇게 예쁘게 핀다는 사실이 너무나 놀라웠다. 죽은 자들이 사는 세상인데 망자들을 제외하고는 모두가 본래의 색을 띠고 있다는 점도 새삼 신기했다. 잠시 시선을 뺏긴 사이 현관문이 열리고 큰 그림자가 마당에 드리워졌다.

제4장

할아버지와의 만남

"아니, 네 이놈! 네가 감히 여기가 어디라고 겁도 없이 온 게야?"

크고 위협적인 소리에 깜짝 놀란 나와 주은이는 그대로 몸이 얼어붙었다. 눈앞에 내가 여덟 살 때 돌아가신 친할아버지가 지팡이를 짚고 현관문 앞에 서 있었다. 머리와 눈썹이 하얗게 센 할아버지는 눈을 부릅뜨고 나를 매섭게 노려보고 있었다. 미간 사이의 진한 주름과 화가 잔뜩 난 인상은 내가 기억하는 할아버지의 모습 그대로였다. 생각지도 못했던 할아버지의 등장에 나는 다시 어릴 때로 돌아간 듯 주눅이 들고 몸에 한기가 느껴졌다.

"할, 할아버지! 저 할아버지 손자 수훈이에요."

혹시나 커서 변해버린 내 모습을 할아버지가 알아보지 못하시는 걸까 봐 걱정되어 떨리는 목소리로 말했다.

"예끼! 내가 내 손자 얼굴도 못 알아볼까 봐? 그래, 그러니까 내 말은 네가 죽은 것도 아닐 텐데 여기가 어디라고 함부로 찾아왔냐는 말이다."

할아버지는 화가 머리끝까지 난 것 같은 모습이었다. 순간 너무나 무서워 다리가 덜덜 떨리기 시작했다.

"할아버지, 저 여기에 엄마를 찾으러 왔어요. 우리 엄마가, 엄마가 저를 두고 떠났어요. 우리 엄마를 마지막으로 딱 한 번만 보고 다시 돌아갈 거예요."

나는 내 안의 용기란 용기는 모두 꺼내어 대답했다. 할아버지는 여전히 화가 난 얼굴이었지만 나에게 들어오라는 손짓하고는 먼저 집 안으로 들어가셨다.

"수훈아, 네가 할아버지와 얘기를 나눌 동안 나는 여기 마당에서 기다리고 있을게."

마당에서 잠시 기다리겠다는 주은이에게 들고 있던 우산을 건넸다. 주은이가 얼굴 위로 주먹을 불끈 쥐어 보였다. 주은이에게 안심하라는 의미로 용기를 내어 살짝 미소를 지었다. 나의 심장은 여전히 빠르게 뛰고 있었다.

우중충한 날씨임에도 불을 켜지 않아 마지 십안은 서녁저
럼 어두컴컴했다. 환기를 오랫동안 하지 않았는지 케케묵은
냄새가 스멀스멀 올라왔다. 아무래도 엄마가 이곳에 있을 것
같지가 않다. 할아버지를 마주할 생각을 하니 나도 모르게 긴
한숨이 나왔다. 어차피 엄마도 이곳에 없는 것 같은데 그냥 도
망가 버릴까 하는 고민을 잠깐 했지만, 마음을 고쳐먹고 신발
을 벗은 뒤 조심스럽게 거실로 들어섰다.

"들어와 앉아 있거라!"

부엌에서 외치는 할아버지의 목소리가 거실까지 울려 퍼
졌다.

할머니가 요양원에 가시고 나서 처음으로 방문하는 이 집
은 내가 기억하는 그대로였다. 낡은 검은색 가죽 소파 뒤의 벽
에는 할아버지의 훈장들과 제복을 입은 할아버지의 군인 시
절의 사진들이 걸려 있다. 한 번도 그 사진들을 자세히 들여다
본 적이 없었는데 지금 보니 내가 알지 못하는 그 시절 할아
버지의 얼굴은 지금과 다르게 젊고 반짝반짝 빛나 보였다.

할아버지가 곧 한 손으로 지팡이를 짚고 다른 한 손으로 쟁
반에 무엇인가를 잔뜩 담아 들고 부엌에서 나왔다. 할아버지

가 부엌에 들어간 모습은 태어나서 처음 본 것 같다. 그만큼 어색하고 어울리지 않아 보였다. 소파 앞 탁자에 '탁' 소리를 내며 할아버지가 내려놓은 쟁반에는 양갱, 만주, 껌, 비스킷 등이 마구잡이로 담겨 있었다. 딱 봐도 수년은 족히 지나 보였다.

"여기 막다른 세계에서는 밥이든 간식이든 먹을 필요가 없어. 우리는 살아있는 사람이 아니니까 활동하는 데 영양분이 필요가 없거든. 그래서 집에 먹을 게 마땅한 게 없다. 찬장 안에 있던 주전부리들을 좀 찾았는데 출출하면 먹어라. 밖에 친구도 이따가 좀 나눠주고."

할아버지가 내가 앉은 소파 옆 팔걸이 의자에 앉으며 낮은 목소리로 말했다.

"감사합니다."

나는 작게 대답한 후 주은이와 나눠 먹을 비스킷을 두 개 챙겨 주머니 속에 넣었다. 어색한 기류 속에서 할아버지와 나는 몇 초간 침묵을 지켰다.

"얘야, 그렇다고 여기가 어디라고 와?"

할아버지가 침묵을 깨고 다시 나를 야단치는 것만 같은 목소리로 물었다.

"저는…."

할아버지의 무서운 말투에 위축되어 말이 나오지 않았다.

"네 엄마, 이 집엔 없다."

할아버지가 나지막하게 말을 툭 던졌다.

"혹시 우리 엄마를 만나셨어요?"

내 심장이 다시 빠르게 뛰기 시작했다.

"그래, 네 엄마는 지금 이곳 막다른 세계에 있어. 나와 얼마 전에 이 집에서 만나 오랜만에 이야기를 나눴어. 젊은 나이에 뭐가 그리 급하다고 이곳에 왔는지 원…."

할아버지는 어두운 표정으로 고개를 절레절레 저었다.

"그럼 지금은 어디에 있어요? 할아버지, 저 우리 엄마 만나야 해요. 제발 꼭 좀 도와주세요!"

"나도 몰라. 이곳은 휴대폰도 없고 우연히 마주치거나 약속을 해야만 누군가를 만날 수 있는 곳이야. 수소문하고 찾아다니다 네 엄마를 만나게 되면 약속 장소와 시간을 잡고 너와의 다음 만남을 기약하는 수밖에."

"그렇지만 전 앞으로 겨우 사흘간만 이곳 막다른 세계로 올 수 있는걸요?"

막막함에 눈물이 흘렀다. 이번에는 할아버지가 내 쪽으로 다가와 앉아 커다란 손바닥으로 내 등을 천천히 쓸어 주었다. 할아버지의 투박한 손짓이 어색했다.

"할아버지, 우리 엄마는 어때 보였어요?"

"네 엄마야 뭐 그대로더구나. 네 엄마는 젊을 때부터 워낙 씩씩하고 긍정적이었거든. 세상을 그렇게 갑자기 떠난 건 속상해도 네가 아빠와 잘 살고 멋지게 자랄 거라고 굳게 믿고 있어. 이 할아버지는 세상에 무슨 미련이 그렇게 남았는지 4년을 넘게 이곳에서 지내고 있는데, 네 엄마는 백일 안에 이곳을 떠나려고 준비하더구나. 백일이란 시간은 세상과 영원히 이별하기 위해 생각과 마음을 정리하는 시간이야. 사람이 태어나서 첫 백일이 중요하듯 죽고 나서도 백일 동안 그간의 삶을 마무리 짓는 거지. 이곳을 떠나면 네 엄마는 편안히 쉴 수 있을 거야. 그러니 수훈이 너도 마음 단단히 먹고 네 아빠와 씩씩하게 잘 살아가면 돼."

할아버지의 말에 안심이 되면서도 엄마가 완전히 떠나가 버릴까 봐 덜컥 겁이 났다.

"네 아빠는 어떻게 지내니? 준석이 그 자식, 겉으론 강하고 멀쩡한 척해도 속이 문드러지고 있을 텐데…. 걔가 유일하게 의지하고 기대던 사람이 네 엄마 아니니. 제 부모한테는 냉랭해도 스무 살 때부터 네 엄마 선영이한테는 꼼짝 못 하고 잘해주던 애였거든."

촉촉하게 젖어든 할아버지의 눈을 빤히 바라보자 할아버지는 고개를 홱 돌렸다.

"아빠는 잘 지내고 있어요. 회사도 똑같이 나가고 엄마 빈자리를 느끼고 있는지조차도 잘 모르겠어요. 아빠는 제가 얼마나 힘들고 괴로운지 관심도 없어요. 저는 어딜 가도 엄마 생각이 나서 온종일 마음이 힘든데 아빠는 아무렇지 않아 보여서 어쩔 땐 너무 화가 나요."

아빠에 대해 퉁명스럽게 말하고 있는 내 손 위에 거북이 등껍질같이 딱딱하고 커다란 손을 얹으며 할아버지는 한층 누그러진 목소리로 말했다.

"수훈아, 이 할아버지가 이곳을 떠나지 못하고 여기에 계속 남아있는 이유는 생전에 네 아빠와 할머니에게 내 마음을 전혀 표현하지 못하고 냉정하게만 대했다는 것이 너무나 큰 후회로 남아서야. 평생 군인으로 살아온 나는 가족에게마저 군인다운 강한 모습을 보여주는 것 이외에는 할 줄 아는 게 없었단다. 아내와 내 하나뿐인 아들에게 평생 따뜻한 말 한마디 해주지 못했어. 분명 마음은 그렇지 않은데 가족들이 힘들거나 어려운 일이 생기면 더 강하게 채찍질하고 밀어붙이는 바람에 네 아빠와는 사이가 점점 멀어져 내가 죽을 때까지 그 사이를 좁힐 수 없었다."

할아버지는 나의 눈을 피하지 않고 말을 이어나갔다.

"죽고 나서 이곳에 오니 그게 그렇게 후회가 되고 미련이

막다른 세계

남아 네 아빠에게 용서를 구하지 않으면 이곳을 떠날 수 없겠다고 느꼈다. 언젠가 네 아빠가 나이가 들고 때가 되어 이곳에 들렀을 때 다시 만나게 된다면 진심으로 사과를 하고 한 번 꼭 안아주는 게 내 소원이란다."

"할아버지, 그런데 우리 아빠도 저에게 그래요. 엄마한테는 참 다정했던 것 같은데 저에게는 늘 남자아이라고 씩씩하기만을 바라고, 엄마가 떠나버린 후 제 마음 한 번 돌봐 주지 않아요."

나는 말하면서 또다시 아빠의 모습이 떠올라 화가 났다.

"수훈아, 그건 어떻게 보면 다 이 할아버지 때문이다. 준석이는 크면서 한 번도 아버지가 따뜻하게 대해준 적이 없어서 너를 대하는 방법을 모르는 것뿐이야. 확실한 것은 네 아빠는 누구보다 너를 사랑하고 생각하고 있다는 거야. 자기가 가장 아끼던 선영이가 죽고 그 참담한 심정을 다 누르고 너에게 괜찮은 모습을 보여주려고 온 힘을 다해 노력하고 있는 거야. 어린 네가 보기엔 섭섭하고 이해가 안 되겠지만 어른들은 약해진 마음을 특히 자식에게는 보여주기가 어렵단다."

할아버지의 말씀이 내 마음을 파고들었다. 처음으로 아빠가 조금 가엾게 느껴졌다. 나도 모르게 할아버지를 꼭 끌어안았다. 할아버지는 흠칫 놀라는 듯하더니 곧 나를 품에 안고 머리를 쓰다듬어 주었다.

"수훈아, 무슨 일이 있어도 무사히 네가 사는 세상으로 돌아가 아빠와 행복하게 살아야 한다. 그것이 네 엄마와 이 할아버지가 간절하게 바라는 바야. 다신 이런 곳에 절대로 발도 들여선 안 돼."

할아버지의 말에 덜컥 겁이 났다.

"친구 할머니가 수십 년 전에 잃어버린 목걸이를 찾아 돌려드려야만 저와 제 친구가 집으로 무사히 돌아갈 수 있대요. 일단 오늘까진 엄마를 조금 더 찾아보고 내일부터는 금영 계곡에서 그 목걸이를 찾아야 해요."

나의 말에 할아버지의 눈이 휘둥그레졌다.

"그럼 반드시 그 목걸이를 찾아야 한다. 그동안 나도 얼른 네 엄마가 어디 있는지 수소문해보마."

우리는 서로를 꼭 안고 몇 초간 그렇게 가만히 있었다. 그동안 무섭게만 느껴지던 할아버지의 품이 어쩐지 따뜻하게 느껴졌다. 이렇게 할아버지를 안고 있을 거라곤 상상도 해본 적이 없다.

"할아버지, 여기에서의 시간이 남아있을 때 서둘러 움직여서 엄마를 찾아봐야 해요. 저는 이만 가볼게요. 혹시 엄마를 찾거나 소식을 들으시면 내일 금영 계곡으로 와주시겠어요?"

"알았다. 나도 열심히 찾아보마."

할아버지는 품에서 나를 놓아준 다음 소파 옆 탁자 서랍에서 무언가를 꺼냈다. 타원형의 은색 펜던트가 있는 목걸이였다.

"이건 군대에서 쓰는 군번줄이란다. 일병이던 시절 네 아빠가 태어나 군번줄에 네 아빠 이름을 새기고 퇴임할 때까지 목에 걸고 다녔지. 물론 네 아빠도 할머니도 이 군번줄의 존재를 몰라. 할아버지가 너에게 줄 게 이거밖에 없네."

군번줄에는 할아버지의 이름 옆에 아빠의 이름 이준석과 아빠의 출생일이 새겨져 있었다. 나는 할아버지를 바라보고 미소를 지은 후 잃어 버리지 않게 목걸이를 목에 걸었다.

"잘 간직할게요."

"아빠와 함께 나 대신 네 할머니에게도 가끔 들러 주겠니? 선영이에게 할머니 상태에 대해 들었다. 살아있을 때 치매에 걸리면 모든 기억을 잃어서 이생의 명이 다하더라도 막다른 세계에 들르지 못한다고 하더구나. 네 할머니에게도 미안한 마음 꼭 전해주고 싶었는데 그건 그른 것 같으니 네가 나 대신 인사 좀 전해주면 고맙겠다."

할아버지가 쓸쓸한 미소를 지었다. 나는 고개를 끄덕인 후 자리에서 일어나 다시 한 번 할아버지를 꼭 안아주는 것으로 대답했다.

"오래 기다리게 해서 미안해."

현관문을 열고 나오자 주은이가 새끼 고양이처럼 처마 밑 현관 문턱에 몸을 웅크리고 앉아 있었다. 하늘은 여전히 어두웠지만 다행히 비가 잠시 멈춘 듯했다. 대문을 나서며 궁금해 죽겠다는 듯한 표정의 주은이에게 할아버지와 나눈 이야기를 자세히 들려 주었다.

"뭔가 짠하다. 가족에게 미안한 마음을 갖고 여기서 혼자 지내시는 게 얼마나 외로우시겠어. 그나저나 너희 할아버지 여전히 무서우셔?"

주은이가 내가 준 비스킷 봉지에서 한참이나 지난 유통기한을 확인하고는 그대로 주머니에 넣으며 말했다.

"아니, 막상 할아버지 이야기를 듣고 나니까 하나도 무섭지 않더라. 그리고 내 기억 속 할아버지의 모습과도 아주 달랐어. 할아버지가 우리 아빠를 그렇게나 생각하고 있을 줄이야."

우리 아빠도 나에게 이런 마음을 가지고 있을까 하는 생각을 잠깐 해보았다. 엄마가 우리를 떠난 후에도 나를 대하는 아빠의 태도는 크게 달라지지 않았다. 아빠는 나를 사랑하긴 할까? 하지만 만약 할아버지처럼 표현을 못 하는 거라면 할아버지가 지금 어떤 마음으로 이곳 막다른 세계에서 살고 있는지 꼭 알려줘야겠다고 다짐했다.

"그런데 우리 이제 어디로 가는 거야?"

"우선 수아와 정연이를 만나러 가야지. 비 때문에 날이 어두워서 도대체 하루가 얼마나 남았는지 모르겠어. 이상하게 마음이 너무 조급하고 불안해. 어제 그 아줌마 일도 그렇고, 엄마도 빨리 찾고 싶고, 무엇보다 할머니의 목걸이도 신경 쓰여. 귀에서 자꾸 똑딱똑딱 시간이 흐르는 소리가 들리는 것만 같아."

"그러게. 어느 날은 길고 어느 날은 짧고 막다른 세계의 시간은 제멋대로 흐르는 것 같아."

내 말이 끝나기가 무섭게 천둥소리와 함께 장대비가 다시 세차게 내리기 시작했다. 날씨 때문인지 우리는 벌써 지쳐 버렸다.

다시 버스를 타고 우리는 럭키 아파트 근처로 도착했다. 푹푹 찌는 더위가 세차게 내리는 장맛비에 모두 씻겨 내려갔는지 공기에 어느새 서늘함이 느껴졌다. 양말까지 다 젖은 찝찝함을 안고 주은이와 나는 몸을 서로에게 꼭 붙인 채로 우산 하나에 의지해 놀이터 쪽으로 향했다.

"언니! 오빠!"

정연이가 투명한 비닐 우비를 입고 반갑게 부르며 우리에게 달려왔다. 겨우 하루만인데도 정연이의 모습을 보니 그렇게 반가울 수가 없었다. 성언이의 뒤로 처마가 있는 벤치에 앉아 우리를 기다리는 수아의 모습이 보였다.

"정연아, 그 아줌마 소식은 알아봤어?"

"응, 내가 알아보니까 어제 정말 김도연이라는 여자의 영혼이 장백산이라는 남자한테 박살이 났대."

순간 '백산'이라는 이름이 내 귀에 꽂혔다. 분명 어제 그 여자가 그 무서운 남자를 '백산씨'라고 불렀었다. 갑자기 심장이 빨리 뛰기 시작했다.

"아무래도 어제 우리가 만난 그 아줌마가 맞는 것 같아. 장백산이라는 남자가 워낙 악명 높은 영혼이래. 죽어서도 하도 나쁜 짓을 많이 해서 언젠가 이런 무서운 일이 일어날 줄 알았다고 하더라고. 그 아줌마를 그렇게 만들고 어젯밤 금영으로 돌아온 걸 누군가가 봤대서 다들 떨고 있나 봐. 무서워."

정연이의 뒷말은 내 귀에 들리지 않았다. 어제 나를 도와준 고마운 여자가 나 때문에 그 남자한테 당한 게 분명하다. 죄책감과 고마움, 그리고 미안한 마음이 뒤엉켜 머리가 아파지기 시작했다.

"그 아줌마가 그렇게 된 건 네 탓이 아니야. 그러니까 괴로워하지 마."

수아는 마치 내 마음속을 들여다본 듯 위로하며 말했다.

우리는 처마 밑에 자리한 두 개의 벤치에 나뉘어 서로 마주 보고 앉았다. 내리는 빗줄기를 보며 우리는 한동안 말없이 각자 생각에 잠겼다.

"어디로 가야 엄마를 찾을 수 있을지 어디로 가야 힌트라도 얻을 수 있을지 이제 정말 모르겠어. 아줌마도 민국이도 사라지고, 나 때문에 왠지 모든 게 엉망진창이 된 것 같아."

나는 두 손에 얼굴을 파묻었다. 그때 내 앞으로 정연이가 다가와 나를 꼭 안아 주었다.

"오빠, 그래도 나는 오빠를 만나게 되어서 너무 좋은걸? 분명 오빠는 엄마도 찾을 수 있을 거야"

정연이의 위로를 들으니 바닥 밑으로 가라앉았던 내 기분도 어느 정도 올라왔다. 내가 미소를 짓자 정연이는 함박웃음을 지으며 빗속으로 뛰어 들어갔다.

"이상하게 비 오는 날은 그렇게 좋더라. 정말 오랫동안 이곳 막다른 세계에 비가 오지 않았었는데 오빠와 언니가 이곳에 오고 비가 내려서 너무 좋아. 막다른 세계에서는 이곳에 머무는 영혼이 좋은 곳으로 떠나는 날에만 큰비가 내린다고 그랬거든. 분명 민국 오빠가 좋은 곳으로 가게 되어서 내리는 비일 거야, 이 비는!"

신이 나 빗속에서 뛰어다니는 정연이를 보며 우리 셋은 미소를 지었다.

"그런데 이렇게 비가 오면 그 커다란 무지개가 사라지나 봐? 오늘은 보이지가 않네?"

나는 수아를 쳐다보며 물었다. 의식하지 않으려고 노력했지만, 아침부터 무지개의 부재가 내내 신경이 쓰였다.

"응. 이렇게 큰비가 내릴 때마다 무지개가 사라져. 민국이 말로는 항상 우리를 감시하는 무지개가 누군가 막다른 세계를 떠날 때마다 영혼을 배웅하고 오느라 사라지는 거라고 그랬었어. 웃기지? 말도 안 된다고 생각했는데 오늘 보니까 민국이 말이 맞나 봐."

수아는 씁쓸한 표정을 지으며 말한 뒤 고개를 떨궜다.

"이제 어떻게 할 거야?"

잠시 후 수아가 고개를 들어 나의 눈을 바라보며 물었다.

"오늘은 비도 많이 오고 날이 어둑어둑해서 어디로 가봐야할지 정말 모르겠어. 머리가 텅 비어 버렸어. 아줌마 이야기를 들으니까 다리에 힘도 풀리고. 그래도 우리 할아버지가 엄마를 수소문해보신다고 했으니까 마음에 조금 위안이 돼. 분명 할아버지가 엄마 소식을 갖고 내일 금영 계곡으로 올 것만 같거든. 이렇게 된 거, 오늘은 너희 이야기를 좀 들려줘. 우리가 민국이처럼 너희의 한을 풀어줄 수도 있으니까."

나는 수아와 정연이를 번갈아 보며 얘기했다.

"그래, 너희가 왜 아직도 이곳을 떠나지 못하고 있는지 너무 궁금해."

정연이가 주은이 옆에 앉아 주은이의 손가락을 만지작거리며 이야기를 시작했다.

"나는 엄청 오래전에 이곳에 왔어. 30년도 더 됐을지도 몰라. 진짜 놀랍지? 내가 만약 살아있었다면 지금쯤 아줌마로 살아가고 있을 거야. 처음 이곳에 왔을 땐 분명히 뭔가 마음이 아프고 분하고 억울하고 그랬는데, 이렇게 오래 여기에 있다 보니까 사실 그 이유도 잘 생각이 안 나. 가족에 대한 기억도 이제 흐릿하고. 원래는 여기에서 만나 나를 돌봐 주시던 할머니가 여기에 계셨는데 몇 년 전에 좋은 곳으로 가시면서 수아 언니와 민국 오빠를 차례로 만났어."

정연이가 이곳에 온 지 30년도 더 되었다니, 만약 지금까지 살아있었다면 우리 엄마 정도의 나이라는 말인데 아직도 저렇게 해맑고 귀엽다는 사실이 신기하고 놀라웠다.

"그 할머니는 어떻게 떠나셨어? 한을 누가 풀어 준 거야?"

주은이가 안타까운 얼굴로 정연이를 바라보며 물었다.

"여기 있는 영혼들을 보니까 여기서 생활한 시간과 죽을 때의 나이가 합쳐서 100년 정도 되면 떠날 수가 있나 보더라. 막다른 세계에 남더라도 이곳에서 영원히 살 수 있는 건 아니라는 소리이지."

수아가 대신 대답했다.

"그러니까 나는 언니 오빠가 내 마음에 맺힌 무언가를 풀어주고 싶어도 기억이 나지 않아서 도와줄 수가 없을 거야."

정연이가 시무룩한 표정으로 말했다. 주은이는 정연이의 우비가 흠뻑 젖었음에도 개의치 않고 꼭 안아줬다. 정연이는 그런 주은이의 품에 기대어 꼭 안겼다.

"어쩌면 내가 막다른 세계에 가장 오래 사는 영혼이 될 수도 있어. 막다른 세계의 터줏대감. 여기 있는 모두가 다 떠나도 나만 남아있을 것 같아. 그래도 괜찮으니까 수아 언니도 민국 오빠처럼 좋은 곳으로 가서 행복했으면 좋겠어. 그러니까 언니 이야기도 들려줘."

정연이가 주은이에게 안긴 채 수아를 바라보며 말했다. 어린 정연이의 속 깊은 말이 너무나 기특했다. 물론 따지고 보면 우리보다 훨씬 어른이겠지만 말이다.

유리가 산산조각으로 부서지는 소리가 온 집 안에 울려 퍼졌다.

이어서 엄마의 상기된 목소리가 쩌렁쩌렁 들려왔다.

"구제 불능이야 정말. 종일 술만 퍼마시는 너 때문에 정말 내가 살 수가 없다고. 이게 인간답게 사는 거야? 이러다 정말 내가 미쳐 버리고 말 거야."

"이 여편네가 정말 정신이 나갔구나? 감히 술잔을 집어 던져? 네가 나를 이렇게 우습게 보니까 다 이렇게 된 거 아니야."

아빠의 외침과 함께 식탁 위에 있던 물건들이 우르르 바닥으로 떨어져 깨지는 소리가 났다.

껌껌한 방 안에서 두 손으로 민아의 귀를 막았다. 민아는 몸을 덜덜 떨며 나에게 안긴 채로 흐느끼며 말했다.

"언니, 나 너무 무서워. 저러다가 아빠가 엄마를 때릴 것만 같아. 우리가 나가서 말려야 되는 거 아냐?"

나는 민아를 더 가까이 안으며 말했다.

"민아야, 걱정하지 마. 우리가 끼어들면 상황이 더 나빠져. 우리는 이 방에서 아무도 없는 척 쥐 죽은 듯 이렇게 조용히 있으면 돼."

나의 말에 민아는 고개를 끄덕인 뒤 숨죽이며 울었다.

밖에서 엄마의 비명이 들렸다. 엄마가 다쳤거나 끓어오르는 분노를 참지 못했을 때 내지르는 소리 둘 중 하나였다. 나 역시 눈을 꼭 감았다. 이어서 쾅 소리와 함께 누군가가 집 밖으로 나가는 소리가 들렸다. 나는 눈을 뜨고 민아의 귀에서 손을 떼었다. 우리는 살며시 방문을 열어보았다. 엄마가 바닥에 주저앉아 울고 있는 모습이 보였다.

"엄마."

민아가 엄마를 조심스럽게 부르며 서서히 다가갔다.

"너희는 자식이 되어서 아빠가 저 난리를 치면 말리고 나서서 엄마를 도와줘야지, 어쩜 그렇게 방안에서 숨어서 모른 척할 수가 있어?"

엄마가 무서운 눈으로 우리를 노려봤다.

그럴 줄 알았다. 아빠와 심하게 다툰 후에는 꼭 그 불똥이 우리에게 튀었다.

"허구한 날 매일같이 술만 퍼마시는 네 아빠랑 엄마는 더는 못살 것 같아. 너희가 결정해. 엄마를 따라올 건지, 네 아빠랑 살 건지. 얼른!"

엄마는 제정신이 아닌 사람처럼 우리를 향해 소리를 질렀다. 이 상황이 끔찍했다. 나는 서둘러 민아를 끌고 다시 방으로 들어갔다.

몇 달 전 아빠가 실직한 후부터 아빠는 매일같이 술을 마시기 시작했다. 엄마는 실직한 아빠를 닦달하기 시작했고 돈을 벌기는

커녕 술만 마시는 아빠를 못마땅해 했다. 점점 아빠를 대하는 엄마의 태도도 과격해졌고, 서로에게 화를 내고 또 우리에게도 화를 냈다.

문이 닫히는 소리에 우리는 거실로 조심스럽게 나가보았다. 아무도 없는 거실 바닥에는 깨진 컵, 술이 반쯤 쏟아진 유리병, 주전부리와 접시들이 마구잡이로 널브러져 있었다. 민아가 나의 손을 꽉 잡았다.

다음 날 아침, 평소보다 훨씬 일찍 눈을 떴다. 일어나자마자 어제의 일은 간밤의 악몽이었으면 좋겠다고 생각했다. 안방 문을 조심스럽게 열자 아직도 술 냄새가 진동하는 아빠가 침대에 쓰러져 잠을 자는 모습이 보였다. 휴, 그래도 어제 아빠가 들어왔었네. 나도 모르게 안도의 한숨을 쉬었다. 그 옆에 엄마가 자고 있는지 확인하려고 문을 조금 더 열었다. 엄마의 모습이 보이지 않았다. 나는 안방으로 조용히 들어가 화장실과 방을 둘러보았다. 엄마는 보이지 않고 옷장 문들이 다 열려있었다. 옷장 안을 살펴보니 엄마 옷들이 반쯤 사라졌고 옷장 밖으로 미처 챙기지 못하고 흘린 옷가지들이 몇 벌 떨어져 있었다. 심장이 쿵 떨어지는 느낌이 들었다.

부엌과 바깥 화장실을 서둘러 살펴보았다. 어디에서도 엄마의 흔적이 보이지 않았다. 집안을 샅샅이 살펴본 결과 엄마가 어젯밤에 집에 돌아오지 않은 것이 분명했다. 그리고 그렇게 엄마는 우리를 떠나 버렸다.

엄마가 우리를 떠난 만큼 우리 집의 빈자리는 너무나 컸다. 아빠는 여전히 술에 취해 지냈고 민아는 엄마를 그리워했다. 나는 학교에 다니면서 엄마 대신 민아의 끼니를 챙겨주고 설거지와 집안 청소, 그리고 빨래까지 도맡았다. 아빠는 술에 취한 자기 자신과 싸우느라 점점 더 우리에게 소홀했다. 하루하루 지나면서 나는 내 어깨에 지워진 짐이 점점 더 버거워졌다. 엄마가 대전 할머니 집에 갔을 거라는 확신이 있었지만 나는 오기와 분노로 엄마에게도 할머니에게도 전화 한 통 하지 않았다. 민아에게도 절대로 엄마를 찾는 전화를 하지 말라고 신신당부해 두었다. 나는 왜 다른 친구들과 다르게 부모의 보살핌을 받지 못하고 동생을 엄마처럼 보살피며 힘들게 살아야 하는 건지 억울했다.

"언니, 나 어지럽고 몸이 힘들어."

어느 날 학교에서 돌아온 내게 민아가 힘없이 말했다. 어느덧 엄마가 집을 나간 지 거의 두 달쯤 되던 날이었다. 그때까지 엄마는 한 번도 우리에게 연락하지 않았다.

바깥 날씨는 차가워졌는데 민아의 몸은 불덩이였다.

"언니, 나 엄마가 너무 보고 싶어. 미안한데 내가 너무 아프다고 엄마한테 전화 좀 해주면 안 될까? 내가 아픈 걸 알면 엄마가 걱정되어서 집에 들어올 수도 있잖아."

민아는 내가 엄마에게 화가 나 있는 사실을 알기에 조심스럽게 물었다.

"됐어. 엄마는 우리가 아무리 아프다고 해도 오지 않을 거야. 지난 두 달 동안 연락 한 통 없었어. 그러니까 이제 민아 너도 포기해."

나의 단호한 대답에 민아의 눈에 눈물이 맺혔다.

민아는 자면서 몸을 움찔움찔하며 슬픈 표정을 하고 있었다. 나는 문득 '민아가 영영 꿈속에서 헤어 나오지 못해 깨어나지 못하면 어떻게 하지?'라는 두려운 상상이 꼬리를 물었다. 나는 그 길로 거실에 나가 수화기를 들고 떨리는 손으로 천천히 엄마 핸드폰 번호를 눌렀다. 엄마가 받을까 봐 무섭고 받지 않을까 봐 두려웠다.

'지금 고객님께서 전화를 받을 수 없습니다…'

엄마는 내 전화를 받지 않았다. 두 번 세 번 연달아 엄마에게 통화를 시도했지만 끝내 자동응답기에 메시지를 남기라는 안내를 듣고 쾅 하고 세게 수화기를 내려 놓았다. 이제 아빠에게 도움을 청할 차례였다. 나는 안방 문을 살짝 열어 침대에 널브러져 자는 아빠를 발견했다.

"아빠, 아빠?"

나는 다가가 아빠를 조심스럽게 흔들어 깨워보았다.

"응, 응… 수아야, 아빠 깨우지 마. 지금 피곤하단 말이야. 저기 내 지갑 안에 돈 있으니까 가져가, 가져가."

아빠는 인사불성인 상태로 나에게 빨리 나가라는 손짓을 했다. 나는 한 번 더 아빠를 깨워 민아 상태를 이야기해볼까 하다가 그냥 아빠 지갑을 열어 들어 있는 만 원짜리 지폐 한 장과 천 원짜리 지폐 몇 장을 꺼내 내 주머니에 넣었다.

다시 우리 방으로 들어와 잠든 민아를 확인했다. 식은땀을 흘려 머리카락이 온통 흠뻑 젖어 있었다. 여전히 민아는 작은 소리로 이따금 엄마를 찾았다. 우리 민아를 위해서라도 엄마를 데려와야겠다. 나는 지갑 속에 돈을 넣은 뒤 가방을 메고 그 길로 집을 나섰다.

밖은 올해 들어 처음으로 약한 눈발이 날리고 있었다. 입에서 숨을 쉴 때마다 하얀 김이 용처럼 뿜어져 나왔다. 한여름에 집을 나간 엄마가 날씨가 이렇게 추워지도록 연락 한번 없다니 문득 엄마에게 무슨 일이 생긴 건 아닐까 하는 걱정이 스쳤다. 엄마를 데려와야 한다는 강한 의지가 생기자 추위도 잊을 수 있었다. 내 검은색 코트 위로 하얀 눈송이들이 내려앉는 걸 보며 나는 성큼성큼 금영역으로 향했다.

대전행 열차 입석 표를 구매했다. 아빠의 지갑에서 가져온 돈으로 표를 사고도 내 수중에 사천 원이 남았다. 돌아올 때는 엄마와 함께 돌아올 테니 돈 걱정은 하지 않아도 될 것 같았다. 차창 밖으로 멀어지는 금영시를 보자 뭔가 두려우면서도 동시에 마음이 뻥 뚫리는 듯한 기분이 들었다. 밖은 점점 어두워지고 있었다. 아참, 그런데 대전역에서 할머니 집까지 어떻게 가더라?

가족과 함께 대전 할머니 집은 여러 번 다녀왔었다. 동네 놀이터와 할머니 집 앞 슈퍼마켓 모두 생생히 기억난다. 하지만 막상 대전역에 내리니 커다란 광장과 깜깜한 밤하늘 때문에 몸이 그대로 얼어붙고 말았다. 어떻게 할머니 집에 찾아가야 할지 막막했다.

나는 무작정 아무 시내버스를 골라 탔다. 이제 이천 원 남짓 남았다. 어디로 가야 할지 전혀 생각이 나지 않았다. 왜 이렇게 급할 때는 더 생각이 나지 않는지 모르겠다. 무서워서 눈물이 날 것만 같았다. 그러나 낯선 도시의 버스에서 혼자 눈물을 흘린다면 왠지 나쁜 사람들이 나에게 접근할 것만 같은 무서운 생각이 들어서 눈물을 꾹 참았다. 한참 버스를 타고 가다 보니 어느새 종점에 도착했다. 버스 기사님의 모두 내리라는 말과 함께 떠밀려 알 수 없는 동네에 남겨졌다. 한참 걷다 보니 다시 추위에 온몸이 얼어붙어 얼음처럼 깨져버릴 것 같았다. 나는 눈에 보이는 편의점에 들러 따뜻한 두유를 샀다. 이제 수중에는 동전 몇 개만 남았다.

따뜻한 두유를 차가운 손안에 넣어 그 온기를 느꼈다. 귀에도 가져다 대며 얼어붙은 귀를 녹였다. 다시 걷기 시작했다. 밤은 깊어 가고 눈이 쌓이기 시작하자 거리에는 사람 하나 보이지 않았다. 얼마 걷지도 못하고 두유는 차갑게 식어 버렸다. 차가워진 두유 병이 아쉬워 눈물이 나기 시작했다. 깜깜해진 거리, 낯선 동네, 그리고 도움 청할 데가 없다는 사실이 나의 눈물샘을 계속 자극했다. 무서웠다. 그리고 집에 가고 싶었다. 엄마를 만나지 못할 것 같다는 생각이 들었다. 춥고 배고프고 졸리기까지 했다. 지나가는 사람이라도 붙잡고 도움을 청하고 싶었지만 아무도 찾을수 없었다. 누군가 지금 내 모습을 본다면 가출한 비행 청소년이나 집 없는 불쌍한 고아라고 생각하겠지? 엄마가 미웠다. 몸을 동그랗게 말아 최대한 내 몸의 온기를 보호하고 싶었다. 얼마쯤 그러고 있었을까? 눈꺼풀이 무거워지더니 내려앉기 시작했다. 잠깐 여기서 눈을 붙이고 일어나면 눈도 그치고 사람들이 거리에 다니기 시작하지 않을까 하는 희망적인 생각이 들었다. 그렇게 눈을 감았고 다시 눈을 떴을 때 나는 막다른 세계에와 있었다.

"말도 안 돼! 우리 언니, 얼마나 추웠을까?"
눈물이 그렁그렁 맺힌 정연이가 수아의 이야기를 들은 후

맞은편 벤치에 앉아 있는 수아 옆으로 다가가 기대어 두 팔로 꼭 안아 줬다.

"그러게, 아무도 지나다니지 않는 밤거리에다 혼자라니 얼마나 무섭고 두려웠겠어."

주은이가 크게 한숨을 쉰 후 수아의 손을 두 손으로 꼭 잡으며 말했다.

나는 위로의 말을 찾고 싶었지만 무슨 말을 해야 할지 좀처럼 떠오르지 않았다. 수아의 비극이 좀처럼 현실적으로 와닿지 않았다. 평생 엄마에게 넘치는 사랑을 받은 내가 엄마를 잃고 절망스러운 마음으로 이곳에 왔을 때 수아가 왜 그렇게 삐딱하게 바라봤는지 이제야 조금 이해되었다.

"내가 그렇게 추운 날 엄마를 찾으러 가지 않았으면 지금쯤 어떻게 살고 있을까 하고 생각해 본 적은 있어. 그런데 분명 다시 그 상황으로 돌아가도 나는 결국 이렇게 되었을 거야."

수아가 쓸쓸하게 웃으며 말했다.

"막다른 세계에 계속 남게 된 건 그때 대전에서 엄마를 만나지 못한 후회 때문이야?"

나는 조심스럽게 수아의 기분을 살피며 물었다.

"내가 아직 막다른 세계에 남아 있는 건 뭐 부모님에 대한 원망 때문이 아니라 내 동생 민아가 걱정되어서인 것 같아. 내가 엄마를 찾으러 대전으로 떠났을 때 민아가 엄청 아팠잖아. 그런데 나마저 세상을 떠나 버려서 민아가 잘 버텨주고 있을지 너무 걱정되더라. 민아를 보살펴 주러 엄마는 집에 돌아왔는지 아빠는 술을 아직도 그렇게 마시는지 궁금하기도 하고. 또 무엇보다 내가 알지도 못하는 동네에서 그렇게 죽었는데 가족들이 내 소식을 듣기는 했는지 사실 그게 제일 궁금해."

수아는 눈이 촉촉하게 젖어 들었다.

"내가 죽었다는 사실이 꼭 억울한 건 아니야. 이곳에 와서 지낸 지난 2년이 넘는 시간 동안 한편으로는 어떤 해방감도 들었거든."

"네가 항상 민아를 돌봐 오다가 이곳에 와서 정연이와 민국이를 만나 서로 많이 의지하고 지냈겠다. 민국이가 떠나고 나니 더욱 허전하고 슬펐을 네 마음이 이해가 가."

주은이가 수아를 따뜻하게 바라보며 말했다.

"응, 민국이는 나와 동갑인데도 아빠처럼 항상 우리를 지켜주려 했어. 게다가 정연이는 민아와 같은 일곱살이라 여기 막다른 세계에서 민국이와 정연이는 나에게 가족 그 이상이었어."

정연이가 수아의 말을 듣고는 주인을 위로하는 강아지처럼 수아의 품으로 더 파고들었다.

"우리가 민아에게 가 볼게. 민아가 너 없이도 씩씩하게 잘 지내고 있는지 꼭 확인하고 알려 줄게."

나는 미소를 지어 보이며 수아에게 펜과 종이를 건넸다. 수아는 주소를 빠르게 적은 뒤 민망한지 쭈뼛쭈뼛 나에게 그 쪽지를 건넸다. 나는 고개를 끄덕인 후 쪽지를 받아 주머니에 넣었다.

"정말 고마워. 너희를 이곳에서 만나게 된 건 정말 행운인 것 같아."

그때였다.

꺅!

정연이의 외마디 비명에 깜짝 놀라 쳐다보자 정연이가 손가락으로 내 옆을 가리키며 벌벌 떨고 있었다. 정연이가 가리키는 곳에는 눈이 가늘고 긴 남자가 뒤에서 한 손으로 주은이의 목을 포박하고 다른 한 손으로는 뾰족한 무언가를 들고 주은이의 얼굴 근처에 가져다 대며 인질로 잡고 있었다.

장백산이다. 어제 아줌마의 영혼을 박살 내버린 남자.

"너 꼬맹이, 드디어 우리가 다시 만났네. 김도연 그 여자가 영혼이 박살이 나기 전에 나한테 네가 갈 만한 위치를 결국 다 털어놓았지. 여기 아파트 근처를 헤매면서 너를 정말 오랫동안 기다렸다. 자, 이제 이 여자애를 살리고 싶으면 어서 네 영혼의 돌을 내놔. 내가 원하는 건 그거 단 하나야. 돌만 내놓으면 너희 모두 무사할 수 있어."

장백산이 승리의 미소를 지으며 말했다. 나는 너무나 놀라 턱이 덜덜 떨리는 채로 애원했다.

"주은이를 놓아주세요. 돌은 제 걸 드릴 테니까요. 제발 주은이를 먼저 풀어주세요."

"수훈아, 안돼. 절대로 돌을 주면 안 돼. 우리가 여기까지 온 이유를 다시 한번 생각해 봐."

주은이가 겁에 질려 흐느끼면서도 나를 향해 외쳤다.

"아악!"

그때 얼굴이 긁힌 주은이가 고통스러운 비명을 질렀다. 주은이의 오른쪽 뺨에 빨간 피가 맺힌 후 천천히 흘러내렸다.

"주은아, 너 피! 아저씨, 제발 그만 하세요."

수아가 다급하게 소리를 질렀다.

"어라, 너도 사람이었어?"

빨간 피와 눈물에 아크로 가루가 씻겨내려 색을 드러낸 주은이의 얼굴을 쳐다본 장백산이 얼굴에 미소를 지으며 소름 끼치는 목소리로 말했다.

하늘에는 구멍이라도 난 듯 비가 멈출 생각이 없어 보였다. 먹구름이 하늘을 뒤덮어 어느새 날이 어두컴컴해졌다.

장백산이 이를 드러내며 큰 소리로 웃기 시작했다. 내가 가장 무서워하는 소리가 비 오는 날 울리는 천둥소리인데 장백산의 광기 섞인 웃음소리는 그보다 훨씬 더 소름이 끼쳤다.

"죽어서 막다른 세계에 오니 이제야 내 인생이 좀 풀리는가 보네. 산 사람을 둘씩이나 한꺼번에 만나고 말이야. 혹시 너네도 살아있는 애들이니? 그런 거야?"

장백산이 정연이와 수아를 보며 위협적인 목소리로 소리쳤다.

"어쨌거나 내가 필요한 건 단 하나의 영혼의 돌이야. 꼬맹아, 너 여기서 더 험한 꼴 당하기 싫으면 어서 가지고 있는 돌멩이를 내놔."

장백산이 무기를 눈앞에서 휘두르며 주은이를 협박했다.

주은이는 돌처럼 굳은 얼굴로 주머니에서 영혼의 돌을 꺼냈다. 빨간빛을 반짝반짝 빛나고 있는 영혼의 돌이 우리들의 눈앞에 나타났다. 주은이는 결국 주머니에서 영혼의 돌을 꺼냈다.

"안 돼, 주은아. 절대로 저 아저씨한테 주면 안 돼! 차라리 제 것을 드릴게요. 제 것을 가져가세요."

"너에게 두 번을 당하느니 이 돌멩이 하나면 충분해. 네가 어제 서울역에서 네 것을 순순히 줬으면 김도연 그 여자도, 네 친구도 이렇게 되진 않았을 거 아냐. 안 그래? 이 모든 게 누구의 탓인지 잘 생각해 보길 바란다."

장백산은 주은이의 손에서 영혼의 돌을 재빨리 낚아챘다. 돌을 손에 쥔 장백산은 마치 세상을 다 가진 얼굴이었다. 이어서 주은이를 포박하고 있던 손을 푼 후 우리를 향해 주은이를 강하게 밀어 버리고는 굵은 빗줄기 속으로 한순간 사라져버렸다.

"안 돼!"

장백산을 따라 빗속으로 무작정 따라 들어갔지만, 장대비 속에서 아무것도 보이지 않았다. 무슨 일이 일어난 것인지 머릿속이 정리가 안 되고 심장이 터질 것만 같았다.

갑자기 근처 어디선가 푸드덕 소리가 났고 까마귀 한 마리가 나타나 큰 소리로 울며 하늘 위로 날아가 버렸다.

눈앞에 땅바닥에 주저앉아 있는 주은이가 보였다.

"수훈아, 이제 나 어떡해?"

주은이 또한 나처럼 제정신이 아닌 것 같았다. 수아가 주은

막다른 세계

160

이 옆에 주저앉아 주은이 얼굴에 맺혀 있는 피를 자신의 옷으로 닦아 주었다. 그 옆에 선 정연이는 빗소리보다 더 큰 소리로 울기 시작했다.

"나 정말 이대로 어딘가로 사라져 버리는 건 아니겠지?"

주은이가 겁에 질린 목소리로 말했다.

"아직 우리의 여행이 끝나지 않았으니까 시간이 있어. 주은아 무슨 일이 있어도 내가 너의 영혼의 돌 꼭 찾아줄게. 그러니까 너무 걱정하지 마. 반드시 되찾을 거야."

빗물에 홀딱 젖은 나는 흐르는 눈물을 빗물에 감출 수 있어서 다행이라고 생각했다. 하지만 내가 한 말은 그저 주은이를 안심시키고자 한 빈말이 아니었다. 주은이와 할머니를 위해서라도 어떻게 해서든 돌을 반드시 되찾아야 한다. 가슴이 콱 막힌 듯 답답했다. 대체 어디로 가야 장백산을 찾을 수 있을까?

"수훈아, 내가 여기서 영혼의 돌을 뺏긴 거 우리 할머니에게 비밀로 해줘. 우리가 어떻게든 내일 찾아오면 되니까 할머니가 너무 걱정하지 않게 내 돌을 어디 안전한 데에 보관했다고 하자. 우리 할머니가 알게 되면 난리가 날 거야. 그러니까 절대로 말하면 안 돼."

주은이가 턱을 덜덜 떨며 말했다.

"그래도 할머니가 도와주실 수 있지 않을까?"

나는 이 상황에서 어떻게든 주은이의 돌을 찾으려면 누구에게라도 도움을 요청해야 할 것 같았다.

"말하지 않겠다고 약속해, 얼른!"

"알겠어. 어떻게든 둘러댈게."

나는 벌벌 떨리는 손을 바지 주머니 속에 감추며 애써 침착한 척 대답했다. 그때, 번쩍하며 번개가 컴컴한 주위를 잠깐 밝혀 주었다. 깜짝 놀란 정연이와 수아의 얼굴이 선명하게 보였다가 다시 어둠에 묻혔다. 순간 그 아이들의 창백한 얼굴에서 그간 보지 못했던 슬픔이 느껴졌다. 살아 있는 아이들에게서는 찾아보기 힘든 기운이었다. 지금까지 시간을 함께 보낸 이 아이들이 사람이 아니라는 사실이 확 와 닿았다.

이 모든 게 그저 내 꿈속에서 일어난 일이면 좋겠다는 생각이 간절하게 들었다. 나를 감시하는 것 같던 무지개 아래의 평화로웠던 어제로 돌아갈 수만 있다면 얼마나 좋을까. 세상을 떠난 엄마를 찾으러 이곳에 온 게 나의 큰 잘못일지도 모른다. 할머니의 목소리가 귓가에 웅웅거리며 울리는 것 같았다. 무섭다. 껌껌해진 하늘 속에서 주은이를 눈으로 좇았다. 나 대신 영혼의 돌을 빼앗긴 내 친구 주은이. 분명 방금까지 내 옆에 있었는데 주은이의 모습이 보이지 않았다. 순간, 몸 안에서 한기가 확 느껴지며 눈을 번쩍 떴다. 나는 온몸이 땀에 푹 젖은 채 내 방 침대에 누워 있었다.

✳

갑자기 몸이 으슬으슬 떨리기 시작했다. 아무래도 간밤에
악몽을 꾼 게 분명하다. 너무나 생생하게 귓가에 들리는 것 같
은 그 아저씨의 소름 끼치는 웃음소리가 자꾸 불길한 생각을
들게 했다. 주머니에 손을 넣어 영혼의 돌을 꺼냈다. 우리가
사는 세계로 돌아온 돌은 그저 어두운색의 구슬에 불과했다.

"꿈이어야 해."

나도 모르게 혼잣말을 내뱉었다. 서늘한 느낌이 발끝부터
머리끝까지 타고 올라갔다. 자리에서 벌떡 일어나 커튼을 열
어젖히고 시계를 보았다. 아침 7시가 조금 지나고 있었다. 목
에 걸린 군번줄이 짤랑거렸다. 꿈이 아니라는 걸 알면서도 주
은이를 무사히 만날 수 있길 바랐다.

목에서 군번줄을 빼서 책상 서랍에 넣어두었다. 언젠가 때
가 되면 아빠에게 보여줄 날이 오겠지. 바지 주머니 속에서 수
아가 건네준 주소가 적힌 쪽지도 꺼내어 군번줄 옆에 잘 두었
다. 지금은 주은이가 무사히 돌아왔는지 확인하러 가야 한다.

방문을 열고 나가자 아빠가 거실에서 거의 들릴 듯 말 듯

한 작은 소리로 텔레비전을 켜고 뉴스를 시청하고 있었다. 아빠는 나의 인기척에 깜짝 놀라 하며 말했다.

"수훈아, 일어났니? 뭐 먹을래? 아빠가 아침 만들어 줄게."

아빠가 평소보다 다정한 말투로 내게 말을 건넸다.

"아침은 괜찮아요. 나중에 먹을게요."

"학교 가려면 아직 멀었는데 어디 가니?"

"주은이한테 일이 생겨서 가봐야 해요. 갔다 와서 말씀드릴게요."

아빠는 아침부터 친구에게 일이 생겨 나가야 한다는 나를 당연히 이해하지 못하는 눈치였다. 서둘러 집을 나섰다. 할아버지를 만나고 와서인지 아빠의 호의와 관심을 무시하고 나가 버리는 게 마음에 걸렸다. 하지만 오늘만큼은 나도 정말 어쩔 수 없다.

"할머니, 할머니!"

나는 급하게 주은이의 집 문을 두드리며 할머니를 불렀다.

"아침부터 시끄럽게 무슨 일이니, 수훈아?"

할머니가 눈도 제대로 못 뜬 부스스한 얼굴로 문을 열며 말했다.

"할머니, 주은이는요? 주은이 일어났어요?"

흥분해서 다급하게 묻는 나를 할머니가 이상한 눈으로 쳐다보며 말했다.

"무슨 일 있니? 주은이라면 아직 방에서 자고 있을 텐데. 학교 갈 준비 시키려면 이제 슬슬 깨워야지."

할머니는 나의 행동에서 이상하다는 느낌을 감지했는지 나를 따라 주은이가 자는 방으로 들어갔다.

"주은아, 일어나봐. 수훈이가 왔어. 어머, 애 얼굴이 왜 그러니?"

할머니가 주은이를 살살 흔들던 중 주은이의 오른쪽 뺨에 난 칼에 긁힌 상처를 발견해 깜짝 놀라 말했다.

"주은아, 주은아!"

큰 소리로 주은이를 불렀다. 하지만 주은이는 미동도 없었다.

"할머니, 사실 주은이가 어제 영혼의 돌을 잃어버릴까 봐 친구 집에다 숨겨두고 돌아다녔거든요. 정신없이 다니다가 날이 저물어 버리는 바람에 돌을 가지러 가지 못해서 잠에서 깨어나지 못하나 봐요."

미리 생각해둔 것도 아닌데 나도 모르게 술술 나오는 거짓말에 스스로 무척이나 놀랐다. 할머니에게 사실대로 말하고 도움을 청해야 하지 않을까 하고 잠깐 고민했지만, 간절하게 부탁하던 주은이의 얼굴이 떠올라 도무지 말할 수 없었다. 깨지 않는 주은이를 보며 두려운 마음에 금방이라도 눈물이 쏟아질 것 같았지만 혹시 할머니가 이상하게 생각할까 봐 입술을 깨물며 꾹 참았다.

"뭐라고? 영혼의 돌을 항상 가지고 다니라고 하지 않았니? 영혼의 돌을 몸에 지니고 다니지 않으면 이 세상으로 돌아올 수 없다고 할머니가 이야기했잖아. 안전한 곳에 주은이의 돌이 있는 게 확실하지? 오늘 밤이면 둘이 같이 돌아올 수 있는 게 확실하냔 말이야."

할머니는 사색이 되어 소리치며 누워 있는 주은이를 거칠게 흔들었다. 주은이의 배는 들숨과 날숨을 통해 커졌다 작아지기를 반복하고 있었다. 분명 잠을 자는 것 같이 보이는데 아무리 흔들어도 꿈쩍도 하지 않았다. 나는 두 눈을 꼭 감았다. 모두 내 탓이다. 나의 가장 소중한 친구 주은이가 지금 막다른 세계에 갇혀 버렸다.

고이 잠들어 있는 주은이를 보니 미안함과 죄책감이 밀려왔다. 주은이가 누워 있는 침대 곁에 앉아 얼마 동안 주은이를 바라보았다. 오른쪽 뺨에 빨갛게 올라온 칼에 긁힌 상처가 주은이의 하얀 얼굴에 더욱 도드라져 보였다. 울컥하는 마음이 올라왔지만 꾹꾹 참았다. 지금 운다고 해서 주은이에게 아무 도움이 되지 않으니까.

"주은아, 미안해. 내가 어떻게 해서든 장백산을 찾아내서 네 돌을 찾아 줄게. 이따 만날 때까지 잘 버티고 있어."

주은이가 막다른 세계에서 혹시나 내 목소리를 들을 수 있지 않을까 바라며 귀 가까이에다 속삭인 후 방을 나왔다. 할머니가 식탁 앞에 눈을 감고 앉아 한 손으로 관자놀이를 꾹꾹 누르고 있었다.

"오늘은 주은이 담임선생님께 결석한다고 연락을 드리마. 수훈이 너도 얼른 학교에 가야지. 오늘 밤엔 꼭 우리 주은이 데리고 와야 한다. 수훈이 널 믿어."

할머니의 안색이 급격히 안 좋아졌다. 말씀은 하지 않으셔도 얼마나 걱정하고 계실지 눈에 훤하다. 이곳에 오래 있다가는 못 참고 사실대로 털어놓을 것만 같아 짧게 대답하고 집을 나섰다.

어디로 가야 주은이의 돌을 찾을 수 있을까? 장백산은 도대체 그 돌로 무엇을 하려는 걸까? 주은이는 간밤에 잠은 잘 잤을까? 정연이와 수아가 옆에 있어 줬을까? 주은이에 대한 걱정으로 수업 시간이 어떻게 지나갔는지도 모르겠다. 막다른 세계에서 주은이는 밥도 먹지 못했을 텐데 나 혼자 밥을 먹는 건 배신을 하는 것 같아 오늘은 급식도 먹지 않았다. 배에서 꼬르륵 소리가 나자 주은이에 대한 미안함이 더 밀려왔다. 잊지 말고 오늘 밤엔 먹을 걸 바지 주머니에 잔뜩 챙기고 막다른 세계로 가야겠다고 다짐했다.

포털 사이트에 들어가 검색창에 '장백산'을 입력했다. 아무리 생각해도 저런 위험한 인물의 죽음은 뉴스에 나오지 않았을까 하는 생각이 문득 들었기 때문이다. 다행인지 불행인지 장백산을 입력하자마자 그와 관련된 기사가 바로 떴다.

특수폭행, 사기 및 마약 거래로 지명 수배 중이던 장백산(39)이 지난 28일 금영시 영월동 자택 부근에서 칼에 수차례 찔려 숨진 채 발견되었다. 피해자 장 씨는 경찰의 감시를 피해 생활하던 것으로 드러났다.

주은이의 영혼의 돌을 가져간 남자가 하필이면 저런 끔찍한 흉악범이라는 사실이 믿기지 않았다. 과연 저 남자에게서 영혼의 돌을 되찾아 올 수 있을까? 마우스를 쥔 손에 땀이 났다. 이 모든 게 꿈일 수 있다면 얼마나 좋을까.

우선 막다른 세계로 가기 전에 장백산이 사는 곳을 알아봐야겠다. 수배를 받는 중에도 자택 부근에서 사망한 걸 보면,

막다른 세계에서도 본인의 집에 살고 있을 확률이 높다. 어떻게 해야 장백산의 집을 알아낼 수 있을까?

막다른 세계로 갈 수 있는 밤이 오기까지 가만히 집에 앉아 있을 수만은 없었다. 막다른 세계에서 시간 낭비를 조금이라도 덜 하기 위해서는 장백산이 살던 영월동이라도 한 번 가봐야겠다.

영월동은 금영시의 동쪽 끝자락에 있었다. 검색에 의하면 금영에서 달이 가장 먼저 뜨는 동네라 이름이 영월동이고 술집, 식당, 노래방 등이 몰려있는 금영의 최대 유흥가라고 한다. 아마 그래서 내가 한 번도 영월동에 가보지 못했나 보다.

버스를 타고 한참을 갔다. 혼자서 이렇게 멀리 나오는 것은 처음이라 불안하고 긴장되었다. 막다른 세계에서 어디든 함께 다니던 친구들 생각이 부쩍 들었다.

영월동에 도착하자 무서움은 배가 되었다. 아직 영업을 시작하지 않은 가게들 때문인지 거리는 텅 비고 스산했다. 장백산의 집은 이곳 어디쯤일까? 낯선 동네를 무작정 헤매고 다니다 보니 노래방과 술집들이 즐비한 골목 뒤편에 낮은 빌라들이 모여 있는 곳을 발견했다.

주변을 두리번거리며 골목 안으로 들어가 보려는데 덩치가 큰 형들 네 명이 담배를 피우며 좁은 골목길을 막은 채 서서 장난을 치고 있다. 한눈에도 좋은 형들 같아 보이지 않아서 급하게 뒤돌아 나가려는 순간, 그중 한 명이 나를 불러 세웠다.

"야, 얼룩말! 거기 좀 서 봐."

흰 바탕에 검은 스트라이프가 그려진 셔츠를 입은 탓인지 나를 얼룩말이라고 부르는 게 분명했다. 왜 장백산만 관련되면 이렇게 안 좋은 일에 얽이는 걸까?

"저요?"

침을 꼴깍 삼킨 후 내가 물었다.

"그래, 너. 여기 얼룩말이 너 말고 누가 더 있냐? 처음 보는 얼굴인데 너 여기 사는 애 아니지? 여기에서 왜 얼쩡대는 거야?"

검은 야구모자를 푹 눌러 쓴 남자가 담배 연기를 내뿜은 후 내 눈을 뚫어지게 쳐다보며 물었다.

"겁먹지 마. 우리가 도와주려고 그러는 거잖아."

야구모자가 피우던 담배를 바닥에 떨어뜨린 후 밟으며 물었다.

"장백산이란 남자가 살던 집을 찾고 있어요. 여기 근처에 살았다고 하는데….”

“장백산? 장백산이라면 작년에 죽은 그 깡패 아냐? 왜 있잖아, 네 삼촌한테 사기 치고 나쁜 짓 다 하고 다녀서 작년에 우리 동네에 경찰들 쫙 깔리고….”

말을 끝내기도 전에 검은색 민소매를 입은 장발의 남자가 이번엔 뚱뚱한 남자를 향해 물었다.

“맞아, 그런데 네가 장백산을 어떻게 알아? 너 누구야?”

뚱뚱한 남자는 질문과 함께 동시에 경계와 의심의 눈초리로 나를 노려봤다. 아무래도 모두 장백산의 이름만 들어도 두려워하는 눈치였다.

“그 아저씨를 꼭 찾아야 해서요. 아니, 집이 어딘지 알아야 해요.”

“장백산 그 새끼 죽었잖아. 지금 그 집은 일 년 넘게 비어있을 걸? 그런 놈을 찾는 걸 보면 어린 게 영 머리가 어떻게 된 애인가 보네. 야 얼룩말, 저기 저 집 보이지? 네가 찾는 곳이 바로 저 빌라 2층이야. 가보든 말든 그건 네 자유인데, 알려줬으니 네 지갑이나 내놓고 꺼져.”

야구모자가 손가락을 까딱까딱하며 지갑을 내놓으라는 손짓을 했다. 아무래도 나를 순수히 보내줄 것 같지 않았다. 우물쭈물하다 마지못해 지갑을 형에게 건네며 울컥 나올 것 같은 눈물을 꾹 참았다. 그들은 마치 본인들이 기분 나쁜 일을 당한 것처럼 침을 바닥에 퉤 뱉은 후 내 지갑을 들고 그렇게 골목을 벗어났다.

지갑째 홀라당 뺏기고 나니 집에 돌아갈 길이 막막했다. 다리가 후들거렸다. 집에 가는 차비라도 남겨달라 그럴 걸 후회가 되었다. 어느새 해가 지고 있었다. 골목 밖의 영월동은 이제야 하루가 시작되는지 가게들이 하나둘씩 간판에 불을 켜고 영업을 시작하고 있었다. 조금 전까지 죽은 도시 같았던 이곳이 활기를 띠기 시작했다. 집에 가서 잘 준비를 하고 얼른 잠에 들어야 주은이를 만나러 막다른 세계로 갈 텐데 돈이 없어 오도 가도 못 하는 상황이 되자 불안해지기 시작했다. 무엇보다 아까 내 지갑을 가져간 형들을 다시 만날 것만 같아 겁이 났다.

한창 영업 준비 중인 삼겹살집 앞에서 발을 동동 구르다 결국 핸드폰을 마지못해 꺼냈다. 내가 이 시간에 전화를 걸어 도움을 구할 사람은 단 한 사람밖에 없다.

"아빠, 저 수훈이에요. 저 지금 영월동인데 저 좀 데리러 와주실 수 있어요?"

수화기 너머로 아빠의 목소리가 들리자 갑자기 참아왔던 눈물이 터지고 말았다.

제5장

영혼의 돌을 찾아서 I

살랑살랑 기분 좋은 따뜻한 바람이 내 코를 건드렸다. 누군가가 나를 살살 깨우는 것만 같았다. 기분 좋은 꿈을 꾸고 있는 기분이다. 막다른 세계에 다시 온 걸까? 주위를 둘러보자 한눈에 이곳이 어딘지 알아볼 수 있었다. 여기는 금영의 명물인 물고기 분수와 아름다운 조경이 유명한 금영공원이다. 내가 첫 두발자전거를 배운 곳. 엄마가 마실 시원한 물을 들고 서서 내가 성공적으로 두발자전거를 타는 걸 보며 감탄하던 모습이 마치 어제 일처럼 생생하다. 엄마가 자랑스러운 눈빛으로 날 쳐다보면 그렇게 기분이 좋았다. 다시는 느낄 수 없겠지? 눈앞에 커다란 무지개가 보였다. 거대한 무지개가 내 몸을 짓누르는 것만 같다. 이곳에서의 네 번째 날이 시작된 것이다.

비가 온 다음 날이라 그런지 무더위가 한풀 꺾인 느낌이다. 아크로 가루를 꺼내 얼굴과 몸에 바른 후 엄마와의 추억이 가득한 금영공원을 떠나 럭키아파트로 향했다.

럭키아파트가 눈앞에 보이자 내 발걸음은 점점 빨라졌다. 주은이가 지난밤을 무사히 지냈는지, 무섭지는 않았는지 빨리 만나 확인하고 싶었다. 놀이터에 여자아이들이 모여 있었다. 주은이다!

"수훈아!"

주은이가 나를 부르는 소리에 왠지 울컥했다. 주은이가 반갑게 달려와 나를 와락 안았다.

"괜찮아? 잘 있었어?"

"응, 애들이 내 옆에 계속 있어 줬어. 여행 온 것 같고 재밌었어. 할머니는? 우리 할머니한테 내 영혼의 돌 뺏긴 이야기는 안 했지?"

주은이는 내내 할머니가 걱정된 모양이다.

"응, 일단 잘 둘러댔어. 어쨌든 말은 안 하셔도 걱정 많이 하실 거야. 오늘 꼭 네 영혼의 돌을 되찾아와야지."

주은이가 안심했으면 하는 마음에 미소를 지어 보였다.

"얼굴은 괜찮아? 아프지 않아?"

나는 장백산의 칼에 긁힌 주은이의 얼굴을 살폈다. 상처가 난 뺨이 좀 부어 올랐지만, 아크로 가루를 발라서 그런지 성이 나 보이지는 않았다.

"응, 자고 일어나니까 아프지는 않아. 곧 아물겠지, 뭐."

주은이는 걱정하지 말라는 듯이 씩씩하게 말했다.

"그나저나 어디로 가야 주은이의 영혼의 돌을 찾을 수 있을 까?"

어느새 우리 옆으로 수아가 다가와 걱정스러운 얼굴로 물었다.

"참, 내가 뭘 알아 왔게? 글쎄 내가 장백산의 주소를 알아 냈어. 어제 내가 직접 답사도 다녀왔다니까?"

"정말? 어떻게 알아낸 거야?"

주은이가 놀란 눈을 하며 물었다.

"장백산을 검색했더니 인터넷에 기사가 나오더라? 정말 살아있을 때도 나쁜 짓을 엄청 많이 했었나 봐. 내가 어제 직접 그 동네로 가서 두 눈으로 장백산의 집을 확인하고 왔어."

내가 뿌듯한 얼굴로 말했다. 주머니에서 챙겨온 에너지바 두 개를 꺼내 주은이에게 건넸다.

"밤새 아무것도 못 먹었을 거 아냐. 우리 할아버지가 막다른 세계에서는 먹을 필요가 없어서 음식이 없다고 했지만 혹시 몰라 이거 좀 챙겨왔어."

"고마워, 그런데 하나만 받을게. 이상하게 밤새 전혀 배고 픔을 못 느꼈어. 막다른 세계에선 진짜 먹지 않아도 살 수 있 나 봐."

주은이가 에너지바를 건네받은 후 자기 배를 쓰다듬어보며 말했다.

"오빠, 여기에서는 아무리 안 먹어도 살이 빠지지 않아. 우 리 동네에 사는 나랑 친한 아줌마 한 명 있거든? 그 아줌마가 생전에 뚱뚱한 게 너무 속상했는데 막다른 세계에 와서 쫄쫄 굶는데도 살았을 때의 모습 그대로라고 얼마나 우울해했는지 몰라."

정연이가 키득키득 웃으며 말했다.

"그 아줌마 참 억울했겠다. 그럼 이제 우리 장백산 집으로 가 볼까? 영혼의 돌이 제발 그 집에 있었으면 좋겠다."

부디 나의 바람이 이뤄지기를.

"그 남자가 막다른 세계에서도 그 집에 산다는 보장은 없 어. 무엇보다 있다고 한들 순순히 영혼의 돌을 주지도 않을 것 이고."

수아가 냉정한 목소리로 말했다. 순간 나의 얼굴이 일그러 졌다. 수아의 말이 전부 맞다. 우리 엄마도 막다른 세계에선 집에 없었으니까. 하지만 주은이의 영혼의 돌을 찾기 위해서라면 무슨 일이든 해봐야 한다.

어제 답사를 해본 덕에 우리는 영월동까지 쉽게 도착했다. 어제 내가 처음 영월동에 도착해서 본 모습과 마찬가지로 아무도 없고 아무 가게도 열지 않은 이곳은 기운만으로도 뭔가 스산한 동네이다. 정연이가 내 옆에 꼭 붙어 걷기 시작했다.

"오빠, 나 이 동네는 처음인데 조금 무서워."

"나도 좀 그래. 장백산이 나타나도 문제고 안 나타나도 큰일이네."

주은이가 골목으로 들어서며 불안한 표정으로 정연이와 팔짱을 끼며 말했다. 어제 여기 이 골목 입구에서 나쁜 형들을 만나 지갑을 빼앗긴 이야기는 아무래도 하지 않는 게 좋겠다.

"저기, 바로 저 빌라야."

나는 방범 철창이 유난히 두드러지게 보이는 칙칙한 낡은 벽돌 건물을 손가락으로 가리켰다.

우리는 조용히 빌라 안으로 들어가 살금살금 2층으로 올라갔다. 장백산의 집 앞에 서서 귀를 가만히 현관문에 가져다 댔다. 아무 소리도 들리지 않았다. 이게 좋은 신호인지 나쁜 신호인지 모르겠다. 서로의 얼굴을 번갈아 바라보며 어떻게 해야 할지 고민하던 순간, 수아가 용기를 내어 문손잡이를 돌려보았다. 철컥 소리와 함께 현관문이 스르르 열렸다.

"아무도 없는 것 같아. 들어가 보자."

수아가 안을 들여다보고는 우리를 향해 조용히 말했다.

우리는 마치 형사들처럼 은밀하고 민첩하게 움직여 안으로 들어갔다. 낡은 빌라 외관과는 다르게 장백산의 집 안은 엄청 깔끔했다. 새하얗게 칠해진 벽에 맞춰 모든 가구가 이상하리만큼 흰색이다. 그의 집이 이렇게나 대조적이라는 사실이 무서울 정도로 이상했다. 방은 두 개로 한 방은 침실, 또 다른 방은 서재 겸 장비들이 놓여져 있는 거로 봐서는 작업실로 쓰고 있는 것 같다. 각 방에는 꼭 필요한 가구들만 배치되어 있고 어질러진 물건 하나 없이 깔끔하게 정리되어 있다. 내가 상상하던 장백산의 집과는 달라도 너무나 달랐다.

"오빠, 여기에 아무도 안 사는 것 같아. 너무 깨끗하고 물건 하나 나와 있는 게 없는데?"

정연이가 고개를 갸우뚱하며 말했다.

"아무도 안 사는 것치고는 누가 방금 집을 정리한 것 같지 않아? 이렇게 깔끔한 집은 처음 봐."

주은이가 주위를 계속 탐색하며 말했다.

"일단 장백산은 여기엔 없으니까 우리는 영혼의 돌이나 열심히 찾아보자."

수아의 지휘 아래 우리는 한 명씩 공간을 맡아 집을 뒤지기 시작했다. 나는 장백산의 작업실을 맡았다. 방범창 밑의 하얀색 책상과 하얀색 플라스틱 의자, 그리고 작업대처럼 생긴 하얀색 서랍장이 이 방의 전부였다. 서랍장 위에는 스패너, 망치, 칼 등이 공구함에 담겨 있었다. 한눈에도 예사롭지 않은 장비들이다. 혹시나 이 공구들을 나쁜 일에 사용한 것은 아닐까 생각하니 뒷통수가 서늘해지는 느낌이 들었다.

책상에 붙어 있는 작은 서랍 안에도, 작업대 밑의 세 칸 서랍들 안에도 주은이의 영혼의 돌은 없었다. 마치 누군가 매일 서랍 안을 깨끗이 닦는 것처럼 먼지 한 톨 손에 걸리지 않았다.

"뭐 찾은 거 있어?"

주은이가 아무것도 발견하지 못했는지 허탈한 모습으로 내가 있는 방으로 들어오며 물었다.

"이쪽도 아무것도 없어. 진짜 여기가 그 남자 집 맞아? 너무 하얗고, 깔끔하고, 물건이 없어. 이상해."

수아도 빈손으로 내가 있는 쪽으로 걸어 들어오며 말했다.

막다른 세계

그뒤로 정연이 역시 풀이 죽은 얼굴을 하며 따라 들어왔다. 모두 혹시나 하는 기대 섞인 표정으로 나를 바라보았다.

"이 방에도 없어. 이제 어떡하지?"

우리는 허탈감에 모두 바닥에 주저앉았다. 주은이의 영혼의 돌을 이대로 남은 시간 안에 못 찾는다면 나 또한 내 영혼의 돌을 막다른 세계 어딘가에 던져 버리고 주은이와 운명을 함께 할 것이다. 주은이 없이 우리가 사는 세상으로 돌아가는 것은 내가 도무지 감당할 수 없을 것 같으니까. 별안간 아빠가 떠오르기도 했다. 내가 돌아가지 못한다면 우리 아빠는 혼자서 괜찮을까? 아직 할아버지의 마음도 못 전해줬는데…. 주은이의 할머니는 또 내가 얼마나 원망스러울까? 머리가 아프다.

침묵이 흘렀다. 주은이의 돌을 찾으러 어디로 가야 할지 도무지 감이 잡히지 않는다. 이러면 정말 안 되는데, 막막함에 눈물이 터질 것만 같았다.

그때, '끼익'하며 현관문 손잡이가 돌아가는 소리와 함께 누군가 집으로 들어왔다. 우리는 갑작스러운 인기척에 얼어붙었다. 서로의 눈을 쳐다보며 어쩔 줄 몰라 하던 사이, 주은이의 다급한 손짓으로 우린 재빨리 반쯤 열려있는 방문 뒤쪽으로 이동했다. 숨을 죽이고 기다리며 문밖의 영혼이 다시 나가기만을 바라는 수밖에 없었다.

"누구야? 누가 겁도 없이 여길 맘대로 들어온 거야?"

문밖으로 화가 잔뜩 난 목소리가 들리자 내 머리카락이 위로 삐쭉 솟았다.

분노에 찬 무거운 발걸음 소리가 집안을 어슬렁거렸다. 아무래도 우리가 영혼의 돌을 찾으며 집을 어질러 놓아 화가 난 모양이다. 이 집에 누군가 와서 이렇게 화가 난 걸 보면 집주인인 장백산이 틀림없었다. 욕설이 들리기 시작했다. 장백산의 화가 점점 고조되는 게 분명했다. 점점 다가오는 발걸음 소리에 겁에 질린 정연이가 내 쪽으로 파고들었다. 나 역시 곧 닥칠 장백산과의 대면을 어떤 식으로 해야 할지를 순간적으로 고민했다. 에라 모르겠다.

"영혼의 돌을 돌려주세요!"

거실로 뛰쳐 나가며 소리쳤다. 나의 돌발 행동에 당황한 친구들이 나를 따라 얼떨결에 밖으로 따라 나왔다.

"아우 깜짝이야. 뭐야, 또 너야?"

"돌려 달라고요. 영혼의 돌 없이 저희는 아무 데도 못 가요."

어차피 이렇게 된 거 나는 주저하지 않기로 했다.

"여기는 또 어떻게 알고 왔어? 어? 내 집을 어떻게 찾아왔냔 말이야."

장백산은 자기 집에 갑자기 등장한 우리 때문에 많이 혼란스러운 모양이다.

"어차피 영혼의 돌을 갖고 있어도 아저씨는 돌아갈 수 없을 거예요. 저희는 그 돌이 꼭 필요하고요. 그러니까 그냥 돌려주시면 안 돼요?"

간절한 마음이 장백산에게 통하길 바라며 애원했다.

"제발요, 돌려주세요."

다 같이 울먹이며 감정에 호소했다.

주은이는 할 말도 찾지 못한 채 서럽게 울기 시작했다.

"다들 시끄러워. 감히 이딴 식으로 내 집을 엉망으로 만들어 놓고는, 뭐? 영혼의 돌을 돌려달라고? 인생을 참 쉽게 살았구나? 너네 잘 걸렸다, 오늘."

장백산은 기괴한 웃음소리를 내며 방 안으로 뛰어 들어가더니 공구함에서 빠르게 렌치를 꺼내와 우리를 향해 흔들며 위협하기 시작했다. 우리는 상상하지도 못한 전개에 겁에 질려 동시에 현관문 쪽으로 천천히 뒷걸음질을 쳤다.

"이러지 마세요. 저흰 그저 주은이 것을 되찾으려는 것뿐이에요. 몰래 집에 들어온 건 정말 죄송해요, 잘못했어요."

장백산의 화가 조금이라도 누그러지길 바라며 양손을 모아 싹싹 빌었다.

"너희가 무슨 짓을 하건 아무 소용없어. 어차피 나에게 없거든. 오늘 아침 아주 대단한 형님께 갖다 드렸단 말이야. 지금 니희는 내 심기만 긴드리고 있는 거야. 이 세상에 내 것이랄 게 몇 개 없거든? 그런데 그걸 이딴 식으로 더럽힌다는 건 최악이야, 용서할 수 없어."

장백산의 눈빛이 희번덕거렸다. 이러다간 우리에게 돌을 빼앗기는 것보다 더 무시무시한 일이 일어날 것만 같았다. 그전에 뭐라도 해야 했다.

"아저씨, 더는 영혼의 돌을 돌려달란 말은 안 할게요. 제발 그냥 저희를 보내주세요. 보내주시면…. 보내주시면 여기 제 영혼의 돌도 아저씨께 드릴게요. 어차피 아저씨가 필요한 건 영혼의 돌이잖아요."

나는 다급하게 말하고는 주머니에 손을 넣어 영혼의 돌을 찾는 시늉을 했다. 정말로 내 영혼의 돌을 내어 줄 생각을 한 건 아니기에 이제부터 어떻게 해야 할지 막막했다.

"네 친구의 영혼의 돌을 찾으러 여기까지 와놓고는 이젠 네 것마저 나에게 주겠다고?"

장백산이 못 믿겠다는 듯 코웃음을 치며 말했다.

"어차피 주은이 걸 돌려주지 않을 거면 제 것도 필요 없거든요."

나는 대책 없이 큰소리를 쳤다.

"그럼 내놔."

장백산이 한 손에는 렌치를 든 채 나머지 한 손을 내밀었다.

나는 천천히 고개를 끄덕였다.

"뭐 하는 거야, 이수훈! 네 영혼의 돌마저 내어주면 어떡해?"

주은이가 뒤에서 다급하게 소리를 지르며 나를 말렸다. 이렇게 된 거, 대책은 없지만 저질러 보자.

"다들 튀어!"

나는 주머니 속에서 남은 에너지바 하나를 손에 쥐고 장백산의 눈을 향해 있는 힘껏 던져버리고는 현관문을 향해 전력 질주해 문을 열었다. 친구들이 차례로 문밖으로 나오는 것을 보고 재빠르게 건물 밖으로 달려 나갔다. 당황한 장백산이 분노에 차 소리 지르며 우리를 쫓아오는 소리가 들렸다.

까마귀가 정신없이 하늘에서 깍깍 울어대는 소리를 듣고서야 달리는 걸 멈췄다. 얼마나 달렸는지 속이 멀미하듯 메슥거렸다. 어디까지 달려온 것인지 전혀 알 수 없다. 장백산이 더

는 쫓아오지 않는 걸 확인하고는 정신이 들어 친구들을 살펴
봤다. 수아와 정연이가 허리를 숙이고 각자 가쁜 숨을 고르고
있다.

"주은이는?"

주은이가 눈에 보이지 않자 가슴이 쿵 하고 내려앉았다. 분
명 장백산 집의 현관문을 나오는 주은이를 확인하고 달렸는데,
거기까지는 분명히 확인했는데 그 후엔 생각이 나지 않는다. 내
가 정신 없이 손을 잡고 달린 건 수아와 정연이었나보다.

"언니 중간에 어디서 넘어진 거 아냐? 다시 돌아가 보자,
오빠."

정연이가 울먹이며 말했다. 우리는 방금까지 달려온 방향
으로 다시 빠르게 되돌아가기 시작했다. 장백산을 다시 마주
한다고 해도 상관없었다. 주은이가 사라졌다고 생각하니 머리
가 하얘졌다. 텅 빈 거리 어디에도 주은이의 흔적이 보이지 않
았다.

"주은아, 대체 어디로 간 거야?"

나는 울먹이며 외쳤다.

정신없이 앞만 보며 나아가는데 정연이가 내 옷을 다급하
게 잡아당기며 말했다.

"오빠, 저기! 저기에 있어!"

우리가 가던 방향의 오른편에 난 언덕 너머 주은이를 들쳐 업고 성큼성큼 걸어가는 장백산이 보였다. 주은이는 넋이 나 간 사람처럼 아무 움직임 없이 장백산의 어깨 위에 축 늘어져 있었다.

나는 귀신에 홀린 듯 아무 생각 없이 무작정 그 방향으로 달려갔다.

"박주은!"

나는 쩍쩍 갈라지는 소리로 외쳤다.

순간 주은이는 내가 따라왔다는 걸 알아보고 겁에 질린 목 소리로 내 이름을 부르기 시작했다.

"수훈아, 수훈아!"

장백산이 천천히 뒤를 돌았다.

"이 애는 내가 데려간다. 서울에서처럼 내가 또 당할 줄 알 았나 본데, 이건 네까짓 어린놈이 나를 개만도 못하게 본 대가 라고 생각해. 날 더는 자극하지마. 계속 따라오다가는 이 애를 가만두지 않을 거야."

장백산은 가소롭다는 듯 나를 비웃으며 말했다. 장백산의 왼쪽 주머니에 꽂힌 렌치는 그의 말이 장난이 아니란 걸 알려 주는 것 같아서 한 발자국도 움직일 수 없었다.

주은이는 눈에 눈물이 가득 찬 상태로 나를 빤히 쳐다보더니 나와의 거리가 벌어지기 시작하자 갑자기 뭐가 떠올랐는지 상체를 들어 올리며 다급하게 소리쳤다.

"수훈아, 우리 할머니한테 말해. 할머니에게 도움을 요청해!"

두려움에 떨며 내가 아무런 행동도 하지 못하고 있던 사이 주은이는 그렇게 내 시야에서 완전히 사라져 버렸다.

어느새 어둑해진 하늘 위로 주황색 물감을 칠해 놓은 듯한 노을이 지고 있었다.

"안돼, 안돼!"

멀리 사라져가는 주은이를 향해 허우적대다 '쿵' 하는 소리와 함께 그대로 침대에서 굴러떨어졌다. 온몸이 땀에 흠뻑 젖은 채 눈물이 흐르고 있었고, 내 심장은 여전히 빠르게 뛰고 있었다.

"수훈아, 괜찮아?"

아빠가 내 방문을 덜컥 열고 들어와 나를 확인하며 걱정스레 물었다. 나는 반사적으로 침대에서 벌떡 일어나 욱신거리는 옆구리를 문지르며 대답했다.

"괜찮아요, 아빠."

"몇 살인데 아직도 침대에서 굴러떨어져? 잠 깨면 잠깐 나와 봐, 아빠가 할 말이 있으니까."

방문이 닫히자 아까의 공포가 다시 떠오르며 등줄기가 오싹해졌다. 한시라도 빨리 주은이 할머니를 만나러 가야 한다.

아빠는 식탁에 아침을 차리고 앉아 나를 기다리고 있었다. 달걀프라이와 토스트, 씨리얼에 오렌지 주스까지 모두 최근에 먹어본 적 있는 메뉴들이지만 이렇게 모아보니 그럴싸한 아침상이다.

"아빠한테 하고 싶은 얘기 없어?"

어제저녁 영월동으로 데리러 와 달라는 겁에 질린 내 목소리를 듣고 아빠는 그 길로 회사를 나와 나에게로 와주었다. 이런 동네에서 뭘 하고 있던 거냐고 크게 혼날 줄만 알았는데 예상과 다르게 아빠는 나를 보자마자 아무 말 없이 꼭 안아주었다. 돌아오는 차 안에서도 아빠는 분명 나에게 궁금한 게 많았을 텐데 이상할 정도로 아무것도 묻지 않았다. '어디 다친 데는 없니?' 이게 아빠가 나에게 물은 전부였다. 아빠는 분명 나에게 하고 싶은 말은 많았을 것이다. 그리고 물어보고 싶은 것도 많겠지.

"나중에요. 나중에 다 말씀드릴게요."

지금 이 상태로는 아빠에게 나에게 일어난 일을 말할 수 없다. 언젠가 내가 겪고 있는 이 모든 일을 아빠에게 말하게 될 날이 올까?

"알았다. 어제처럼 무슨 일 있으면 아빠에게 꼭 전화 줘. 아빠가 네가 어디에 있든지 데리러 갈 테니까."

간결한 아빠의 말이 이상하면서도 고마웠다. 어디든 데리러 온다는 그 말이 너무나 든든했다.

나는 아빠가 준비해준 아침을 재빨리 먹고는 주은이 할머니 집으로 내려가기 위해 엘리베이터 앞에 섰다. 가슴이 두근두근 터질 것만 같다. 어제 할머니에게 주은이가 돌을 잃어버린 것이 아니라는 거짓말을 한 사실부터 모두 다 털어놔야 한다. 할머니는 내가 얼마나 원망스러울까? 무섭지만 할머니의 비난보다 더 두려운 건 주은이를 잃는 것이다. 마음 단단히 먹고 정신을 차리자, 이수훈.

2층에 도착하며 엘리베이터 문이 열리자마자 주은이의 할머니가 내가 오기만을 기다렸다는 듯이 강하게 나의 팔을 끌어당기며 집 안으로 들어갔다.

"수훈아, 어떻게 된 거야? 내가 날이 밝자마자 주은이를 깨워 봤는데 여전히 미동도 없어."

할머니는 사색이 된 얼굴로 나를 다그쳤다.

"할머니, 주은이가 그만 영혼의 돌을 가져간 나쁜 남자에게 끌려갔어요….'

죄책감과 두려움에 울음이 터져 버렸다. 줄줄 흐르는 눈물이 멈추지 않아 할머니께 할 말이 정말 많은데도 입이 떨어지지 않았다. 할머니는 주은이에 대한 걱정으로 제정신이 아닐 텐데 우는 나를 진정시키려 품에 안고 나의 등을 천천히 토닥토닥 다독여 주었다. 하필 열려 있는 주은이 방문 틈으로 곤히 자는 것처럼 누워 있는 주은이가 내 눈에 들어왔다. 막다른 세계에서 우리가 간밤에 겪은 공포가 떠올라 주은이를 바라보는 것조차 미안했다. 지금은 겁에 질려 울며 할머니께 위로받고 있을 때가 아니라고 누워 있는 주은이가 벌떡 일어나 내게 화를 내며 말할 것만 같다.

간밤에 일어났던 일을 생각나는 대로 모두 말하다 보니 우리가 처한 현실이 얼마나 위험한 일이었는지 비로소 실감이 났다. 할머니는 한참 동안 말이 없었다. 아무래도 내가 한 말을 곱씹으며 주은이에게 어떤 일이 일어난 것인지 파악 중인 것 같았다. 나는 고개를 땅에 떨궜다. 내가 백 번 사과한다고 해서 해결될 일이 아니란 걸 나도 잘 안다. 면목이 없다는 말이 딱 이런 상황에서 쓰이나 보다.

"수훈아, 이제부터 남은 이틀의 여행 안에 무조건 수은이와 영혼의 돌을 되찾아야 한다. 물론 목걸이도 찾아야겠지. 그래야 주은이도 너도 무사히 돌아올 수 있어. 당연히 무사히 와야 하고말고. 지금부터 할머니랑 같이 방법을 찾아보자."

할머니는 깊은 생각에 빠지신 듯 지그시 눈을 감으며 말했다.

"막다른 세계에 대해 잘 알고 있는 영매가 한 분 있거든? 아무래도 그분에게 도움을 요청해 봐야겠다. 그 영매는 누구보다 용해서 힘을 이용해 주은이의 위치나 영혼의 돌의 행방 정도는 알아낼 수 있을 거야."

"할머니, 그런데 주은이의 위치를 알게 된다 한들 제가 과연 주은이를 구하고 영혼의 돌을 되찾아올 수 있을까요?"

막다른 세계로 다시 돌아가기가 겁이 났다. 솔직히 말해서 주은이를 납치해 간 장백산을 상대해 주은이를 구하고, 영혼의 돌을 되찾아올 엄두가 나지 않았다. 당장이라도 무시무시한 모습으로 나타나 소름 끼치는 웃음소리가 들릴 것만 같다.

"수훈아, 주은이를 위해서라도 너는 더 강해져야 해. 마음을 강하게 먹어. 뭐든지 네 마음 먹기에 따라 달렸다. 주은이를 이 세상으로 다시 돌아올 수 있게 해줄 수 있는 사람은 너밖에 없다는 것을 잊지 말고. 주은이가 너를 위해 막다른 세계에 가 줬듯이 너도 주은이를 위해서 용기를 내야 한다."

할머니는 나의 두 손을 꼭 붙잡으며 당부했다. 나는 또다시 눈물이 날 것만 같아 대답 대신 고개를 힘차게 끄덕였다. 할머니가 서둘러 다른 영매에게 부탁을 하러 간 동안 나는 주은이의 얼굴을 보기 위해 주은이의 방으로 들어갔다.

주은이가 누워 있는 침대 옆 탁자에는 연고가 놓여 있다. 분명 할머니가 틈날 때마다 잠들어 있는 주은이의 얼굴에 난 상처에 발라줬을 것이다. 지난밤 만난 주은이의 얼굴이 이래서 금방 괜찮아졌구나. 그만큼 할머니의 마음은 문드러졌겠지? 마음이 너무나 무겁다.

"주은아, 우리 조금 이따 만나자. 내가 꼭 너를 구해서 네 영혼의 돌을 되찾아줄게. 반드시 여기로 다시 데려올 거야."

자는 듯 평온한 모습으로 눈을 감고 누워있는 주은이에게 조용히 속삭였다. 내 말이 끝나자 주은이의 눈썹이 미세하게 움직였다. 어쩌면 주은이가 막다른 세계에서 나의 목소리를 들은 건지도 모르겠다.

조인송 소리가 울리자 할머니가 현관문 밖까지 한걸음에 달려 나갔다.

"오셨네요. 이렇게 갑자기 부탁드려 놀라셨죠?"

흰머리가 턱수염까지 이어지고 두꺼운 눈썹까지 마치 산타할아버지처럼 생긴 인상 좋은 할아버지가 커다란 짐가방을 들고 할머니의 환대를 받으며 등장했다.

"연화 선생, 걱정이 많았겠소. 날이 어두워지기까지 시간이 많지 않으니 사연은 나중에 듣고 바로 본론으로 들어갑시다."

할아버지 영매는 앞장서서 할머니의 방으로 들어가며 나를 향해 손짓했다.

"너로구나? 얼른 따라 들어와라."

떨리는 마음으로 할머니의 방에 들어갔다. 할머니는 책상 의자를 뒤로 빼 할아버지가 앉을 수 있도록 자리를 마련하고는 서둘러 방안 곳곳에 놓인 향에 새로 불을 붙였다.

"어떻게 막다른 세계까지 여행을 가게 되었을꼬, 그곳은 너처럼 어린애가 함부로 드나드는 곳이 아닌데."

할아버지는 자리에 앉아 혀를 끌끌 차며 말했다.

"네 영혼의 돌을 나에게 주고 내 앞에 와 앉아라."

할아버지가 손을 내밀었다. 이렇게 내 영혼의 돌을 의심 없이 건네도 괜찮은 걸까? 순간의 고민 끝에 할머니의 눈치를 한 번 보고는 내 영혼의 돌을 바지 주머니에서 꺼내 내밀었다. 빛을 잃은 내 구슬은 특별할 게 없어 보였다.

"네 이름이랑 생년월일이 무엇이냐? 네 영혼의 돌과 유통기한이 같은 연화 영매 손녀의 것이 지금 어디에 있는지 내 한번 찾아보마."

할아버지의 목소리는 자상했지만 어떤 단호한 위엄이 느껴졌다.

"내가 이제 기도하는 동안 눈을 감고 마음속으로 잃어버린 네 친구와 그 아이의 영혼의 돌을 생각하고 있거라."

할아버지는 알아들을 수 없는 낮은 목소리로 기도를 외우기 시작했다. 나는 눈을 감고 할아버지가 시키는 대로 주은이와 주은이의 영혼의 돌에 대해 생각을 하려고 애를 썼다.

"네가 이 아이의 영혼의 돌을 찾는 데 아주 중요한 역할을 해야 할 게다. 그 순간이 오면 주저하지 말고 네가 나서서 돌을 손에 넣어야 한다."

나는 할아버지의 말에 감고 있던 눈을 떴다. 그 순간이 언제인지 어떤 상황일지 전혀 예측할 수 없었지만 단호한 할아버지의 말에 나는 마지못해 고개를 끄덕였다.

할아버지가 가지고 온 커다란 가방 안에서 할아버지의 얼굴만 한 크기의 유리구슬을 꺼냈다. 나는 그 구슬에서 눈을 떼지 못했다. 왠지 구슬 속에서 주은이와 영혼의 돌이 어디 있는지 나타날 것만 같았다. 하지만 기대와는 달리 구슬에는 아무 변화가 없었다. 할아버지가 한참을 구슬에 손을 댄 채 가만히 눈을 감고 있는 동안 나는 혼란스러운 눈으로 할머니를 쳐다봤다. 그때였다.

"영혼의 돌을 찾았다!"

할아버지가 눈을 뜨며 외쳤다.

"정말 찾았습니까?"

할머니가 흥분한 목소리로 물었다.

"그래요, 연화 선생. 영혼의 돌의 주인도 분명 내가 찾은 그 돌 가까이에 있어요. 지금 내가 찾은 그 영혼의 돌이 아주 미세하게 빨간빛을 내고 있거든요. 그런데 위치를 찾았다고 해서 아직 좋아할 수 없어요. 그 돌의 행방에 아주 큰 문제가 있어요."

할아버지는 어두워진 표정으로 턱 밑 수염을 만지기 시작했다. 불길한 기분이 나를 엄습했다.

"얘야, 영혼의 돌의 위치는 내가 정확히 알려줄 수 있다. 내가 아주 잘 아는 곳이거든. 그런데 문제는 이 돌이 지금 길성재의 손에 있다는 거야."

"세상에!"

할머니는 마치 길성재가 누군지 안다는 듯 이름만 듣고도 소스라치게 놀랐다.

"어제 제 친구 주은이를 데려간 장백산이란 이름과는 다른 영혼인데요?"

나는 당황스러운 얼굴로 물었다.

"길성재 이놈은 정말 위험한 놈이야. 검은 주술을 하는 영매라고. 우리 영매들 사이에서는 추방당한 거나 마찬가지야. 세상의 흐름을 거부하고 영혼의 돌을 모아 검은 주술로 죽음에서 부활을 꿈꾸는 그런 위험한 뜻을 가진 놈이거든. 막다른 세계의 헌터들이 왕으로 추대하는 교활하고 악랄한 영혼이야. 너 같이 어린 애가 감히 맞설 수 있는 상대가 아닌데, 걱정이네."

할아버지의 얼굴에 수심이 가득해 보였다.

할머니는 답답한 한숨을 내쉬었다.

"막다른 세계에 사는 제 친구들과 방법을 찾아볼게요. 같이 힘을 합치면 낫지 않을까요?"

나는 할아버지가 긍정적인 대답을 해주길 바라며 말했다.

"얘야, 영혼이 부서져 버릴 수 있다는 이야기 들어봤니? 이 길성재는 자기 계획에 방해가 되는 건 누구라도 박살을 낸 다음 연기 한 점 없이 어디로 사라지지도 못하게 가둬 버리는 그런 놈이다. 너처럼 살아 있는 사람이 아닌 어린 영혼들은 순식간에 길성재의 먹잇감이 되어버릴 거야. 잘 생각해라. 이건 너의 싸움이다. 가엾은 다른 영혼들은 끼지 않는 게 좋아."

할아버지의 말에 숨이 턱 막힐 것만 같았다. 장백산보다 더 위험한 놈을 찾아가야 하는데 친구들의 도움도 받지 말라니, 나더러 어쩌란 말이지? 하지만 나에게 이미 너무나 큰 힘이 되어 준 수아와 정연이를 더는 위험에 빠지게 할 순 없었다.

"물리적인 힘으로는 절대 길성재를 상대할 순 없을 거야. 그리고 무엇보다 길성재 아지트 주변에는 분명 헌터들이 상주하고 있을 거란 말이지. 죽음을 받아들이지 못하는 영혼들은 어떻게든 자기들이 살던 세상으로 돌아가고 싶어 모두 길성재 그자에게 충성하거든. 그 바보 같은 것들은 그것이 헛된 희망인지도 모르고 말이야."

할아버지는 말을 끝낸 후 고개를 설레설레 저었다.

길성재의 아지트는 성내산 뒤에 밀집해 있는 판자촌의 중심에 있었다. 길성재 아지트를 중심으로 헌터들이 그 옆의 집들에 모여 사는 형태인 듯했다. 할아버지가 전투에 나가는 군사들에게 전략을 알려주듯 그림을 그려 길성재 아지트의 위치와 미로와 같은 판자촌을 빠져나오는 방법을 설명해 주었다.

"성내산 판자촌은 개미굴과 같아. 금영이 금융도시로 선정되기 훨씬 전부터 집도 땅도 없던 금영 시민들이 똘똘 뭉쳐 모여 살던 동네거든. 나라의 허가도 받지 않고 막무가내로 모여 살아 큰 골칫거리였는데 그곳 사람들에게 내어줄 마땅한 거처방안이 없자 그냥 나라에서 그 구역만을 내주어 살게 내버려 두면서 그곳은 무질서한 동네가 되어 버렸지. 너 같은 외부인이 들어가면 입구도 출구도 찾기 어려워 길을 잃기에 십상이야."

"저 같은 금영 토박이가 어떻게 그런 곳이 있는지 몰랐을까요?"

나는 옛날이야기 속에나 나올법한 그런 곳에 대해 여태껏 한 번도 들어본 적이 없다는 게 너무나 놀라워 물었다.

"다행히 금영 신도시 입장에서는 판자촌이 성내산 뒤편에 있으니 보이지가 않아 거슬리지 않았던 거지. 빈부격차는 점점 벌어지니 사람들은 이곳의 문제를 입에 올리기 껄끄러워져서 외면하기 시작했단다. 오랫동안 논란거리였던 만큼 이도시의 자랑스러운 이야기는 아니니 어른들이 더 쉬쉬한 게 아닐까?"

힐아버지가 씁쓸하게 이야기를 이어나갔다.

"사실 나도 저 판자촌 출신이란다. 가난한 집안에서 태어나 나도 그곳에서 쭉 자랐지. 우리는 언젠가 좋은 미래가 올 거라고 믿으며 그곳을 길래촌이라고 불렀단다. 영매가 된 후 나를 찾는 사람들이 많아지고 돈을 벌면서 30대가 되어서야 소위 말하는 '길래촌 탈출'을 했지. 햇빛이 잘 안 들기는 해도 그곳을 탈출해 처음 집을 얻고는 어찌나 기쁘던지. 길성재는 길래촌에 살 때 몇 집 아래에 살던 꼬마였는데 아주 어려서부터 죽은 자들과 소통하는 능력을 보여서 7살 때부터 십 년 가까이 내 제자로 있었단다."

"그럼 할아버지는 길성재를 정말 잘 아시겠네요? 할아버지가 그자의 스승이신데 왜 제자에게 도와달라고 부탁할 수 없는 거예요?"

"길성재는 신기가 매우 뛰어나던 아이였어. 어려서부터 유난히 영이 맑았거든. 언제부터인가 호기심인지 무엇의 내림을 받은 건지 검은 주술을 가까이하다 어느 순간 완전히 괴물로 변해 버렸어. 내가 길래촌을 떠난 후에 우리는 완전히 다른 길을 걸었지. 내가 자기의 일을 방해할까 봐 무리수를 두면서까

막다른 세계

막다른 세계

지 나를 경계했어. 그러다 무슨 일인지 누군가에게 죽임을 당해 막다른 세계로 가고는 길래촌에 다시 자리를 잡았다고 들었다. 한마디로 이제 정말 악귀가 된 거지. 내가 이 일에 직접 개입하는 순간, 너는 분명 연화 영매의 손녀나 그 아이의 영혼의 돌과는 더 멀어지게 될 거야."

"그런데 길성재는 주은이의 영혼의 돌로 뭘 하려는 거예요? 그 돌이 있으면 정말 길성재가 다시 살아날 수 있는 거예요?"

나는 이해가 되지 않는다는 표정으로 물었다.

"영혼의 돌 아홉 개를 모은 후 어둠의 주술을 이용한 의식을 하면 죽음에서 부활할 수 있다는 경전을 나도 옛날에 읽은 적이 있어. 하지만 실제로 성공한 사례에 대해서는 들어본 적이 없는데 길성재라면 아마 그 가능성을 믿고 어둠의 의식을 해보려는 것이겠지. 헌터들을 이용해서 영혼의 돌을 하나씩 하나씩 모은 다음에 말이야. 본인이 만에 하나 부활하고 나면 이곳의 헌터들을 도와주지도 않을 거면서 헛된 희망을 주며 이용하는 거지."

할아버지가 다시 한번 하얀 수염을 쓰다듬으며 말했다.

"할아버지, 그럼 저는 이제 어떻게 해야 할까요?"

주은이와 영혼의 돌의 행방을 알아냈지만 왠지 내 마음은 더 답답해졌다.

"정답은 나도 모른다. 내 능력은 그 아이와 돌의 위치를 파악하는 것까지니까."

할아버지는 수염을 다시 한 번 쓰다듬으며 생각에 잠겼다.

"대정 선생님, 막다른 세계에서 이 아이의 영혼의 돌을 매개로 소체 주술을 거는 건 불가능한가요? 선생님이라면 가능하실 것도 같은데…."

할머니는 갑자기 무슨 좋은 생각이라도 난 듯 물었다.

"소체 주술이라, 그거 해볼 만한 방법이네요. 그게 잘 먹히기만 한다면 길래촌까지 무사히 들어가는 건 가능하겠네요. 그 주술을 써 본 지가 오래되긴 했는데…."

할아버지의 말은 마치 롤러코스터를 타는 것처럼 내 마음을 들었다 놨다 했다.

할아버지는 가져온 커다란 가방을 한참 뒤지더니 아주 오래된 두꺼운 책을 찾아 꺼냈다.

"요샌 기도만 하러 다녀서 내 실력에 녹이 슬진 않았는지 모르겠다."

"이게 뭔데요?"

뭔지 모를 불안감에 두꺼운 책을 흘깃 쳐다보며 물었다.

"그렇다고 너무 걱정할 필요 없어. 나만큼 용한 영매를 어디에서도 본 적이 없다니까! 안 그래요, 연화 선생?"

할아버지는 내 마음을 읽기라도 한 듯 유쾌하게 웃으며 말했다.

"이 주술은 연화 영매 말대로 네 영혼의 돌을 대상으로 할 거야. 네 영혼의 돌에 사람의 체온이 닿는 순간, 그 사람은 인간의 시간으로 약 10분 정도 사라져 누구의 눈에도 보이지 않는 거지. 단, 오늘밤 막다른 세계를 다녀올 동안만 유효할 거야. 이 주술의 힘이 그렇게 오래가지는 않으니까."

"그럼 제가 헌터들의 눈에 띄지 않고 길성재의 아지트에 갈 수 있단 말이에요? 쉽게 주은이를 찾을 수도 있겠네요?"

내 목소리가 한껏 높아졌다.

"막다른 세계에는 시계가 없다는 건 아니? 그곳에서의 시간은 인간 세상의 시간처럼 정확하게 흐르지 않거든. 대략 10분이 지나면 손에 쥐고 있는 돌에 전류가 세 번 정도 흐를 거다. 그러고 바로 네 모습이 드러나는 거지. 네가 생각하는 것보다 그 10분이라는 게 길 수도 있고 엄청 짧을 수도 있어. 그러니까 네가 하려는 일을 무조건 이 돌에만 의지해선 절대로 안 된다. 그리고 다른 사람의 손을 잡으면 그 사람도 함께 사라질 수 있을 테니 주은이를 찾으면 손을 절대 놓지 말아야 한다. 이 수술은 인간의 체온에만 반응하니까 말이야."

할아버지의 말에 희망과 용기가 생겨났다. 주술을 위한 의식이 시작되었다. 경건한 표정으로 눈을 감고 기도를 잠깐 하더니 할아버지는 돋보기를 꺼내 쓴 후 눈앞의 두꺼운 책을 펼쳤다. 어느새 할아버지는 이 세상의 말이 아닌 것 같은 말을 읊으며 주문을 외우기 시작했다. 신기하게도 할아버지의 표정이 오늘 본 그 어느 때보다도 편안해 보였다.

"애야, 이제 내 손을 잡아라."

넋 놓고 주문을 듣던 나는 할아버지의 부름에 정신이 번쩍 들었다. 할아버지와 맞잡은 손에 내 영혼의 돌이 만져졌다. 할아버지의 손은 너무나 차고 내 영혼의 돌은 원래보다도 더 따뜻하게 느껴졌다. 할아버지의 계속되는 기도 소리를 들으며 눈을 감고 앞으로 할 일에 대해 차분히 생각해 보았다.

"이제 마지막 의식만 남았다. 네 영혼의 돌을 여기 이 오목한 그릇 안에 넣으면 모든 게 완성된다. 계획대로라면 이 모든 의식이 끝나면 막다른 세계에서 이 돌이 네 손에 닿는 순간 너의 몸은 시야에서 일정 시간 사라지게 될 거야. 손에서 돌을 떼는 순간 다시 네 모습이 보일 거고."

막다른 세계

할아버지는 뿌연 액체가 담긴 오목한 유리그릇을 꺼냈다. 나는 잔뜩 긴장한 상태로 그릇 안에 내 영혼의 돌을 집어넣었다. 갑자기 액체에 부글부글 거품이 일기 시작했다. 그 모습은 마치 과학 시간에 했던 식초와 베이킹소다가 만났을 때 나타난 반응 같았다.

"우와!"

나도 모르게 감탄사가 튀어나왔다.

할아버지는 핀셋으로 내 영혼의 돌을 꺼내 마른 헝겊으로 닦으며 나에게 마술사가 할 법한 과장된 몸짓으로 건네주었다.

"자 이제 다 되었다. 일을 잘 마치고 돌아와서 내 주술 솜씨가 여전히 쓸 만했는지 다음에 꼭 이야기해줘야 한다. 행운을 빈다!"

침대에 누워 오늘밤 막다른 세계에서 벌어질 일을 상상을 해보자니 아까 영매 할아버지와 만나고 생겼던 자신감이 점점 사라졌다. 그저 이 세상을 떠난 엄마가 보고 싶은 평범한 아이였을 뿐인데 이런 어마어마한 일에 휘말릴 줄은 상상도 하지 못했다.

과연 길래촌 안까지는 내 영혼의 돌에 의지해 몸을 숨겨 들어간다고 하더라도 길성재라는 부서운 상대와 싸워 수은이를 구하고 돌을 되찾을 수 있을까? 마음이 답답하고 머리가 지끈지끈 아파 왔다. 나는 방에서 거실 소파까지 힘겹게 몸을 이끌고 나와 철퍼덕 소리를 내며 드러누워 눈을 감았다.

"수훈아, 어디 아프니?"

아빠가 텔레비전을 끄며 걱정스럽게 물었다.

"아빠, 제가 어떤 무시무시한 사람이 가지고 간 무언가를 되찾아와야 할 땐 어떤 방법을 쓰면 좋을까요?"

나도 모르게 머릿속에서 고민하고 있던 질문을 아빠에게 던졌다.

"음…. 글쎄? 이거 무슨 수수께끼 같은 거야?"

아빠는 답을 고민하는 듯 잠깐 허공을 응시했다.

"아무도 다치지 않고 안전하게 가져오는 방법이 뭘까요? 이걸 고민하느라 지금 머리가 아파요."

아빠에게 자세한 내막을 이야기할 수 없기에 나는 아빠의 추측에 맞장구치며 말했다.

"수훈아, 아빠는 네가 앞으로 살면서 위험한 일에 나서지 않았으면 좋겠어. 엄마가 떠나고 나니까 당연한 걸 지키는 게 얼마나 어려운지를 아빠가 배웠거든. 가족처럼 네가 무슨 일이 있어도 지켜야 하는 것 외에는 너 자신을 스스로 더 아끼고 조심하고 위험과는 스스로 거리를 두었으면 좋겠어. 아빠의 작은 바람이야."

아빠가 이런 이야기를 하는 게 몹시 어색했다. 할아버지처럼 표현을 못 하는 사람이라 아빠는 어쩌면 내가 이런 질문을 해주기만을 기다렸을지도 모른다. 나는 자리에서 일어나 앉아 아빠를 바라보며 물었다.

"그럼 가족처럼 소중한 것을 지켜야 할 때는요?"

아빠의 표정이 잠깐 일그러졌다.

"그때는 과감하게 용기를 갖고 뛰어들어야지. 결국, 소중한 걸 지켜내는 게 이 세상에서 가장 중요하고 보람된 일이니까. 지켜야지, 너에게 소중한 건 어떻게 해서든 꼭 지켜내야 한다."

아빠는 이렇게 말을 한 후 나의 시선을 회피했다. 그 모습이 왠지 서글퍼 보였다. 아빠는 엄마를 지키지 못했다고 생각하는 걸까? 아빠의 말을 듣고 확신이 생겼다. 더는 고민할 필요가 없었다. 용기를 내자. 나에게 가장 소중한 친구 주은이를 지켜내야만 하는 일이니까.

제6장

영혼의 돌을 찾아서 II

"수훈아, 저기 좀 봐. 또 까마귀가 나타났어."

수아가 가리키는 나무 위에서 까마귀가 먹잇감을 보듯 고개를 까딱까딱하며 나를 내려다보고 있었다. 나와 눈이 마주치자 까마귀는 마치 기다렸다는 듯이 제자리에서 시끄러운 날갯짓을 몇 번 하며 내 주의를 끌었다.

"밤이 깊어도 돌아가지 않은 이방인이 있어. 깍깍. 이방인은 때가 되면 돌아가야지, 때가 되면 돌아가야 해. 깍깍."

까마귀는 내 눈을 뚫어지게 쳐다보며 이야기를 한 후 성내산 위 하늘로 날아올랐다. 심장이 벌렁벌렁했다. 역시나 저 까마귀는 우리를 지켜보고 있었다.

"저기다!"

수아가 마침내 허름하고 낡은 집들이 다닥다닥 붙어있는 동네를 발견하고는 작은 소리로 외쳤다.

말로만 듣던 판자촌이 이렇게나 우리 동네와 가까이 있었는데 지금껏 몰랐다는 게 놀라울 정도였다.

"자, 너희는 이제 얼른 돌아가. 여기서부터는 나 혼자 갈 거야."

"오빠, 정말 혼자서 괜찮겠어? 우리랑 같이 가자 그냥."

정연이의 눈이 금세 촉촉해져서는 걱정스레 물었다.

"아냐. 여기까지 와 준 것만으로도 충분해. 이건 내가 혼자 해야만 하는 일이라고 그랬어. 나 할 수 있을 것 같아."

"알겠어. 그럼 우리는 여기서 찢어지자. 꼭 다 되찾아서 이따 만나. 조심해."

수아는 그렇게 말하곤 갑자기 나를 와락 껴안았다. 나는 예상하지 못했던 포옹에 어찌할 줄 몰랐다. 수아는 곧바로 나에게서 한 발짝 떨어진 다음 내 눈을 쳐다보지 못하고는 매우 어색한 몸짓으로 정연이를 끌고 뒤돌아 사라졌다.

막상 친구들이 떠나고 나니 다리가 후들거리기 시작했다. 겁이 나 앞으로 나아갈 수 없었다. 고개를 들어 하늘의 무지개를 노려봤다. 나를 지켜보는 것 같은 저 무지개 때문이라도 움직여야 한다.

판자촌 입구에서 영매 할아버지가 그려준 지도를 꺼내 영혼의 돌이 있는 집의 위치까지 어떻게 가는지 몇 번씩 확인했다. 분명 어젯밤에도 질리도록 본 지도인데, 막상 이곳에 오니 마치 처음 보는 것만 같이 복잡해 보인다. 헌터들의 눈에 띄지 않고 원하는 목표지점으로 가야 한다는 사실이 마치 첩보 영화 속 주인공이 된 것만 같아 나도 모르게 비장한 표정으로 발걸음을 재촉했다.

크지도 않은 판자촌 안에 보초를 서는 영혼들이 여기저기 삼삼오오 모여 있었다. 모두 합치면 열다섯 명은 족히 되어 보였다. 이렇게 많은 영혼이 한데 모여 있는 것을 본 게 막다른 세계에 오고는 처음이다.

길성재의 수족이 된다 해도 인간의 세계로 모두 돌아갈 수 있는 것은 분명 아니라고 했다. 보통 삶을 마친 사람들이 죽음의 세계로 넘어가기 전에 막다른 세계에서 인생을 정리하고 돌아본다 그랬는데, 다시 살아날 수 있다는 헛된 희망으로 죽어서도 시간을 낭비하는 이 영혼들이 뭔가 안타까웠다.

그때였다. 귀에 거슬리는 익숙한 목소리가 내 시선을 끌었다. 그곳에는 장백산이 큰 이를 드러내고 웃으며 다른 남자와 담벼락에 등을 대고 이야기를 나누고 있었다. 이곳에 장백산이 있다는 것은 즉, 주은이와 영혼의 돌이 여기에 있다는 말과 같았다. 다행히 내가 잘 찾아온 게 분명하다. 뱀을 담은 비열

한 악당 장백산이 내 소중한 친구와 영혼의 돌을 빼앗아 가놓고는 저렇게 환히 웃고 있는 걸 보자니 화가 나서 주체할 수가 없었다. 조심스럽게 장백산의 대화를 엿들을 수 있는 위치까지 이동했다.

"장씨, 얼마나 좋아. 아주 입이 귀에 걸렸네. 우린 여기서 형님의 수족으로 몇 년을 살았는데 아직 영혼의 돌은커녕 부서진 돌가루도 못 봤어. 소원대로 곧 돌아가면 뭘 할 거야?"

빽빽한 곱슬머리가 하늘로 솟아있는 남자가 부러운 얼굴로 장백산에게 말했다.

"돌아가면 날 이곳으로 보낸 놈부터 응징할 거야. 감히 이 장백산을 송장으로 만들다니! 진정한 복수란 무엇인지 내가 화끈하게 보여줘야지."

장백산이 하얀 이를 드러내며 웃자 그의 한쪽 입술이 실룩거렸다.

"역시 장씨는 비범한 인물임이 틀림없어. 역시 아무나 이 막다른 곳에서 영혼의 돌을 찾을 수 있는 게 아니라니까."

곱슬머리는 손뼉을 치며 말했다.

"이건 비밀인데 내가 특별히 자네한테만 고급정보를 줄 수 있어. 대신 자네만 알고 있어야 해. 있지, 여기 막다른 세계에 내가 뺏은 영혼의 돌의 주인 말고 한 사람이 더 와 있어. 게다가 어린 애송이야. 무슨 말인지 알지?"

장백산이 원래도 가는 눈을 더 가늘게 뜨며 음흉하게 말했다. 그 순간 온몸의 내 털들이 곤두서고 소름이 돋았다.

"정말이야? 그 아이는 영혼의 돌을 가지고 있고? 지금 어디에 있는지 알아?"

곱슬머리는 장백산에게 거의 애원하듯이 물었다.

"그야 나도 모르지. 그렇지만 내가 그 꼬맹이의 친구와 영혼의 돌을 모두 빼앗아 왔으니 어쩌면 그것들을 되찾기 위해서라도 이 근처 어딘가를 돌아다니고 있을 확률이 높지 않겠어? 자네가 운이 좋다면 자기 발로 여길 기어 들어오겠지. 어린 게 생각보다 끈질기더라고."

장백산이 교활하게 웃으며 말했다.

그때 내 손 안에 찌릿찌릿 전기가 통하기 시작했다. 장백산의 눈을 피해 몸을 숨길 데도 없는 위치라 나는 너무나 당황했다. 하필 왜 지금, 이 순간, 사라지는 시간이 다 해가는 걸까? 순식간에 온몸에 소름이 돋았다. 역시 행운은 내 편이 아닌가 보다. 어쩔 수 없이 빨리 영혼의 돌을 놓았다 다시 쥐는 수밖에 없었다. 나는 재빨리 주머니 속에 돌을 내려놨다가 얼른 다시 움켜잡았다. 몸이 지지직거리며 형태를 드러냈다가 다시 연기처럼 사라져 버렸다.

"뭐야! 누구야!"

장백산은 곱슬머리 뒤로 잠깐 나타났다 사라진 나를 발견했는지 버럭 소리를 질렀다. 장백산의 말이 끝나기가 무섭게 곱슬머리는 뒤를 돌아 매의 눈으로 주위를 살피며 경계하기 시작했다.

"아무것도 없는데? 장씨, 대체 뭘 본 거야?"

곱슬머리가 의아한 눈으로 장백산에게 물었다.

"내가 뭘 잘못 봤나? 요즘 잠도 못 자고 영 신경에 거슬리는 일들이 많아서 헛것이 보였나 봐."

장백산은 여전히 도끼눈을 뜨고 주변을 살펴보며 말했다. 안도의 한숨이 나왔다. 다행히도 장백산은 방금 봤던 그 형태가 나일 거라고는 생각하지 못하는 것 같다. 온몸에 얼어붙었던 피가 다시 녹아 흐르는 느낌이다.

"장씨, 아무튼 정말 고급정보 맞네. 고마워."

남자는 벌써 승리의 미소를 지으며 장백산의 어깨를 톡톡 친 후 자리를 떴다. 장백산은 곱슬머리가 사라지자 주변을 다시 한 번 살피더니 머리를 긁적이며 자리를 이동했다. 나는 장백산이 사라지는 쪽을 바라보았다. 마음 같아서는 이렇게 몸이 안 보일 때 장백산을 쫓아가 골탕이라도 먹이고 싶지만, 이미 주은이와 영혼의 돌은 그의 손을 떠난 이상 시간 낭비를 할 순 없었다.

지도를 꼼꼼히 확인하는데도 나는 몇 번이나 다른 갈림길로 들어섰다. 앞으로 디 나아갈 수 없는 길 위에서 방황하기도 하고, 똑같은 길 위에서 제자리걸음하기 일쑤였다. 그만큼 이 판자촌은 복잡하고 질서가 없었다. 이래서 정말 오늘 안에 길성재의 아지트를 찾을 수나 있을까? 머리가 아파져 온다.

"깍깍, 깍깍."

갑자기 까마귀가 우는 소리가 들렸다. 나는 무심코 울음소리가 나는 쪽으로 고개를 돌렸다. 까마귀가 나와 몇 골목 떨어진 곳 위를 빙글빙글 제자리 돌며 날고 있었다. 혹시, 저기가 길성재의 아지트일까? 나는 기대 반 의심 반 상태로 뭔가에 홀린 듯 그쪽으로 다가갔다. 까마귀가 빙빙 돌고 있는 곳은 개미굴 같은 여러 갈래 길 중 가장 복잡한 길의 안쪽에 자리한 근방이었다. 다행히 나 말고는 아무도 까마귀의 존재에 신경을 쓰고 있지 않은지 주변이 조용했다. 까마귀는 내가 따라온 것을 확인하고는 판자촌 너머로 훨훨 날아가 버렸다.

'저기다!'

할아버지가 그려준 지도에 빨간 표시가 되어있는 그곳이었다. 나무와 널빤지를 얼기설기 붙여서 만들어진 허름한 집이었다. 마치 늑대가 와서 불면 날아갈 것만 같이 생겼다. 그 집은 판자촌의 다른 집들과 비교해서 크기나 상태가 전혀 다르지 않았다. 외관상으로는 저곳이 과연 대장의 집이 맞나 싶을 정도로 평범하고 초라했다. 하지만 그곳이 길성재의 아지트인 걸 증명이라도 하듯 건장한 두 남자가 집 앞을 지키고 서 있었다. 안도의 한숨을 쉬기엔 이르다. 저 경계를 뚫고 안으로 어떻게 들어가지? 현관문을 열고 집 안으로 들어가자니 저 앞을 지키는 남자들에게 바로 발각될 것이다. 설마 여기까지 와서 집 안으로 들어가 보지도 못하고 붙잡히는 건 아닐까 초조해지며 심장이 빠르게 뛰기 시작했다.

집 안에 누가 있는지 확인해 보기 위해 천천히 두 헌터가 지키고 서 있는 문 근처로 다가갔다. 보초를 서는 남자들은 눈에 힘이 없고 더위에 지쳤는지 축 처져 있었다. 그때, 둘 중 살집이 많은 통통한 남자가 담벼락에 기대 털썩 주저앉았다.

"이봐, 그러고 있다 형님이 오시면 어쩌려 그래? 형님한테 걸리면 당신 때문에 덩달아 나까지 찍혀. 얼른 일어서지 못해?"

지친 표정으로 서 있던 남자가 그를 향해 쏘아붙였다.

"아 몰라, 더워서 못 해 먹겠네. 이런다고 진짜 우리 차례가

오긴 하냐고. 그쪽이 말해봐. 여기 이 많은 헌터들이 다 돌아
갈 수 있을 것 같아? 죽어서까지 이게 지금 무슨 고생인지 모
르겠네."

그는 이번에 땅바닥에 벌러덩 눕더니 불만이 가득한 목소
리로 말했다. 서 있는 남자가 그의 어깨를 툭툭 건드렸지만 그
는 눈을 꾹 감으며 외면했다. 지금 이 상황은 나에게 주어진
기회 같았다. 길성재가 이 집 안에 없는 게 분명하고, 분위기
로 보아하니 이 아지트를 지키는 남자들은 군기 빠진 아마추
어들이나 마찬가지로 보였다.

집의 반대편에 창문이라도 나 있는지 둘러보기 위해 조심
스럽게 이동했다. 길성재의 집은 그 옆의 판잣집과 어깨를 나
란히 하고 있어 뒤편을 확인하기 위해서는 그다음 골목으로
에둘러 가야 했다.

길성재 아지트의 뒤편에 도착했을 때, 다른 집과 외벽 사이
에 난 작은 틈이 내 눈에 들어왔다. 나 정도면 옆 걸음질로 겨
우 들어갈 수 있을 크기였다. 운이 좋다면 이 틈으로 들어가
하나쯤은 있을 창문을 찾아 몰래 숨어 들어갈 수도 있을 것
같아 보였다.

주변에 아무도 없는 것을 확인하고는 옆 걸음질로 그 틈을
비집고 들어갔다. 배에 힘을 꽉 줬는데도 옷이 앞뒤로 양쪽 벽

에 쏠리는 게 느껴졌다. 몇 발자국 깊이 들어가니 길성재 집의 뒤편이 보였다. 다행히 골목길에는 보이지 않던 좁은 길이 나 있었다. 그곳은 잡다한 물건들과 안 쓰는 물건들은 마치 산처럼 높이 쌓여 있었고 걸어 다닐 수 없을 정도로 지저분하고 정리되어있지 않았다.

'쓰레기 더미 뒤에 창문이 있다!'

쿵쾅거리는 가슴을 안고 쓰레기 더미를 옆으로 밀어 치운 뒤 창문 앞으로 다가가 안을 들여다보았다. 안이 어두워 아무것도 보이지 않는다. 나는 슬쩍 창문을 밀어 보았다. 다행히도 창문은 잠금장치가 걸려있지 않아 옆으로 천천히 밀렸다. 스르륵 열리는 창문을 보며 내 얼굴에 미소가 번졌다.

창문은 크지 않았지만 몸을 최대한 웅크리면 내가 충분히 들어갈 수 있는 크기였다. 문제는 창문이 내 가슴 위쪽으로 위치해 아무리 높이 뛰어 봐도 창문으로 몸이 닿지 않았다. 나는 무덤처럼 쌓인 쓰레기 더미를 밟고 일어서서 창문틀에 다리를 뻗었다. 쓰레기 더미가 와르르 무너짐과 동시에 창문 안으로 들어갈 수 있었다. 눈을 질끔 감았다. 이렇게 큰 소리라면 문 앞의 보초들이 듣지 못했을 리 없다.

"뭐야, 이거 무슨 소리야?"

아니나 다를까, 긴장을 늦추고 쉬고 있던 정문 앞 두 영혼이 깜짝 놀라 소리의 근원을 찾으러 골목으로 사라지는 소리가 들렸다.

그들이 들이닥치기 전에 얼른 집 안으로 몸을 숨겨야 했다. 급하게 몸을 창문 안으로 밀어 넣다 쿵 하는 소리와 함께 바닥으로 떨어졌다. 순간 다리를 접질렸는지 머리끝까지 발목의 통증이 찌릿찌릿 느껴졌지만 나는 신음조차 낼 수 없었다. 우선 억지로 일어나 서둘러 창문을 닫고 창문 밑에 조용히 몸을 숨겼다. 숨소리도 낼 수 없었다.

한참 동안 아무 소리도 들리지 않았다. 보초들이 아무것도 발견하지 못했는지 다시 제자리로 돌아와 대화하는 소리가 문밖으로 들리자 비로소 내 입 밖으로 신음이 세어져 나왔다. 왼쪽 발목이 욱신거렸다. 발가락을 몇 번이나 까딱까딱 움직여 보고 발목을 살살 돌려보니 다행히도 크게 다친 것 같지는 않았다. 몇 번 발목을 손으로 문지른 다음 정신을 차리고 내가 떨어진 곳의 주위를 둘러보았다.

집안은 대낮인데도 마치 저녁처럼 어두컴컴했다. 고만고만한 집들이 다닥다닥 모여 있어 햇빛이 잘 들어오지 않는 모양이었다. 집은 작았고, 헌터들의 대장이 지내는 아지트라기에는 생각보다 너무나 별것이 없었다. 내가 방금 창문을 통해 떨어진 이 작은 방에 있는 것이라고는 낡은 책상과 책장, 그리고 좁은 옷장이 전부였다.

대충 둘러본 이곳에는 내가 있는 방과 연결된 거실, 화장실, 그리고 거실 옆에 딸린 부엌이 이 집의 전부였다. 특이하게도 거실 한 가운데에는 비싸 보이는 가죽 의자와 작은 탁자가 덩그러니 놓여 있었다. 방과 거실, 그리고 부엌이 분리는 되어있지만 문이 없어 마치 한 공간처럼 이어져 있었다.

만약 주은이의 영혼의 돌이 이곳에 있다면 찾기 어렵지 않을 것 같았다. 그런데 도대체 주은이가 어디에 있다는 거지? 분명 할아버지가 길성재의 집 안에 주은이의 영혼의 돌이 있고 몇 발자국 내에 주은이가 있다고 했는데.

주은이가 갇혀 있을 만한 곳이 어딜까? 이렇게 컴컴한 곳에 주은이가 혼자 갇혀 있을 수도 있다고 생각하니 얼마나 무서웠을까 감히 상상도 할 수 없다. 옛날 우리 할머니 집에서나 봤던 것 같은 빗살무늬가 새겨진 오래된 오동나무 옷장이 눈에 띄었다. 그리고 옷장에는 열쇠가 꽂혀 있었다. 설마 저기 안에 주은이가 있는 걸까? 두려움에 두근대는 가슴을 부여잡고 옷장 안을 열어보기로 했다. 마치 공포영화 속 한 장면 같았다. 무서운 영화는커녕 예고편도 보지 못하는 나인데 선택의 여지가 없었다. 만일 옷장에 갇혀 있다면 주은이를 얼른 구출해야 한다. 입안에 자꾸 침이 고였다. 열쇠를 돌렸다. 고개

를 옆으로 돌린 뒤 눈을 꼭 감고 옷장 문을 당겼다. 끼익 소리
와 함께 옷장 문이 열리는 게 느껴졌다. 심장이 터지기 일보
식선이다.

*

세상에, 주은이다! 좁은 옷장 안에 손이 뒤로 묶이고 박스
테이프로 입을 덕지덕지 붙인채로 쭈그려 앉아 주은이가 눈
을 감고 있다. 자는 건지 죽었는지 모를 정도로 미동이 없다.
주은이를 보자마자 결국 내 눈에서 눈물이 터졌다. 주은이가
죽었을지도 모른다고 생각하니 아무 생각이 나지 않았다. 죽
으면 안 돼! 주은아, 내가 왔잖아!
　"주은아, 주은아!"
　주은이를 강하게 흔들어 보았다.
　눈썹이 움찔하더니 주은이가 천천히 눈을 떴다. 살았다, 주
은이가 살아있다. 비몽사몽 정신없는 눈빛으로 나를 바라보는
주은이가 너무나 반가워 꼭 끌어안았다. 나는 빠르게 주은이
의 입을 막은 테이프를 떼어냈다. 테이프를 떼는 고통 때문인
지 주은이의 눈이 두 배는 커졌다.
　"수훈아, 나 구하러 온 거야? 정말 네가 온 거지? 이거 꿈

아니지?"

주은이도 나처럼 눈물을 흘리기 시작했다.

"쉿! 조용히 해. 문 앞에 헌터들이 여길 지키고 있어."

나는 그렇게 말하고 눈물을 닦은 뒤 다시 한 번 주은이를 껴안았다.

서둘러 책상 서랍 속 가위를 찾아 주은이의 두 손을 묶은 끈을 잘라 버렸다.

"고마워, 수훈아. 나 정말 무서웠어. 이대로 죽는 줄만 알았거든. 할머니한테 미안하고, 엄마 아빠도 보고 싶고, 너무 힘들었어."

"미안해, 주은아. 다 나 때문이야. 정말 미안해."

며칠 동안 주은이에게 꼭 하고 싶은 말이었다.

"괜찮아. 대신 이렇게 와 주었잖아."

"여기 이야기는 나중에 하고 우리 길성재가 오기 전에 영혼의 돌을 찾아서 빨리 이곳을 나가자. 너희 할머니와 미리 만나고 온 영매 할아버지 말이 네가 있는 곳에서 몇 걸음 떨어져 있는 곳에 영혼의 돌이 있을 거라고 하셨거든. 그리고 잘 봐, 지금 내가 사라져도 놀라지 마."

주은이의 입이 충격으로 벌어지더니 고개를 돌리며 사라진 나를 찾기 시작했다. 최대한 간결하게 내 영혼의 돌의 새로운

기능에 관해 설명했다. 주은이는 눈이 휘둥그레진 채로 연신 고개만 끄덕였다. 더는 지체할 수 없었다. 우리는 정신을 차리고 집을 샅샅이 뒤지기 시작했다. 영매 출신답게 길성재의 책장에는 《어둠의 주술에 관하여》, 《죽은 자들과 소통하기》, 《죽음 너머의 세계》 등 제목만 봐도 무시무시한 책들이 즐비했다. 하지만 책장 어디에도 영혼의 돌과 비슷한 구슬조차 보이지 않았다.

"여기 책상 서랍에도 없어. 내가 있던 옷장엔 당연히 없고, 여기 책장에도 없는 것 같아. 아무래도 이 방에는 없나 봐."

주은이가 실망스러운 목소리로 말했다.

"거실로 가보자. 어쨌든 돌이 이 집 안에 있는 건 확실하니까."

거실은 방보다 별 게 없었다. 가죽 의자 옆 탁자의 작은 서랍 안도 텅 비어 있었다. 허무하고 불안감이 몰려왔다. 그때 밖에서 웅성웅성하는 말소리가 들렸다.

"누가 들어오나 봐. 얼른 내 손을 잡아!"

나는 서둘러 한 손으로는 돌을, 다른 한 손으론 주은이의 손을 잡았다. 갑자기 닥친 일에 너무나 놀란 나머지 내 머리카락이 삐죽 하늘로 솟았다. 우리의 모습이 사라짐과 동시에 거실과 연결된 현관문이 거칠게 열리며 한 남자가 화가 잔뜩 난 목소리로 툴툴거리며 들어왔다.

"그따위로 보초를 설 거면 당장 여기서 꺼지란 말이야!"

그 남자의 뒤로 현관문이 쿵 하며 닫혔다.

남자는 흥분이 가라앉지 않는지 계속 씩씩거리며 작은 거실을 빙빙 돌다 가죽 의자에 앉았다. 긴 단발에 가까운 머리를 귀 옆으로 깔끔하게 넘긴 이 남자는 너무나 마르고 연약해 보였다. 그의 팔다리는 내 것보다도 얇아 보였고 마치 오래 투병한 환자처럼 기운도 생기도 없었다. 하지만 연약해 보이는 이 남자는 길성재가 분명했다. 장백산과는 달리 무시무시하게 생기지는 않았지만 길성재에게는 왠지 모르게 서늘한 카리스마가 느껴졌다.

주은이와 나는 거실 구석에 서서 불안감에 떨며 서로를 바라봤다. 그때, 길성재가 벌떡 일어서더니 부엌으로 들어갔다. 우리는 살금살금 그의 뒤를 따라갔다. 길성재는 싱크대 앞에서 갑자기 뒤를 돌아보더니 집 안을 살폈다. 혹시 그의 눈에 우리가 보이는 것은 아닌지 조마조마했다. 다행히 아무도 없다는 것을 확인한 길성재가 싱크대 위 찬장 문을 활짝 열었다.

✳

'드디어 찾았다!'

찬장 속 유리병 안에 네 개의 돌이 들어 있었다. 나는 감격해 소리라도 지르고 싶었다. 그런데 주은이는 놀란 표정으로 점점 뒷걸음질을 했다. 주은이의 손을 놓칠까 꽉 잡고서 찬장을 다시 보았다. 유리병 안의 돌 하나가 강렬한 빨간빛을 반짝반짝 뿜어내고 있었다.

"이게 왜 이렇게 빛이 강하게 나는 거야?"

반짝이는 영혼의 돌을 목격한 길성재는 눈을 부릅뜨고 급하게 주위를 다시 한 번 둘러봤다. 주은이에게 이끌려 작은 방까지 빠른 뒷걸음질로 길성재와 멀어진 우리는 영혼의 돌에서 빛이 아주 흐리게 옅어지는 것을 보았다. 희미해진 빛을 확인한 길성재는 고개를 갸우뚱하더니 급하게 유리병을 다시 부엌 찬장에 넣은 후 문을 세게 닫아 버렸다. 그가 매우 당황했다는 걸 느낄 수 있었다.

길성재는 묘한 표정을 지으며 우리가 있는 작은 방으로 들어왔다. 혹시나 길성재와 몸이 닿을까 봐 창문이 난 벽에 딱 붙은 우리는 숨도 크게 쉴 수 없었다. 내 심장 뛰는 소리가 길성재에게도 들릴까 봐 영혼의 돌을 쥔 손으로 가슴팍을 가렸다.

길성재는 옷장 앞에 섰다. 그가 옷장 손잡이를 살짝 잡아당겼다. 그러자 문이 스르르 열렸다.

"열려 있잖아?"

길성재는 입가에 속을 알 수 없는 미소를 지은 후 문을 활짝 열어젖혔다. 텅 빈 옷장 안이 눈에 들어오자 그의 표정이 한순간에 일그러졌다.

"거기 밖에 있는 둘, 이리 좀 들어와 봐! 얼른!"

길성재가 문밖을 향해 소리를 지르자 아까 문 앞을 지키고 있던 보초 헌터 둘이 급하게 현관문을 열고 들어왔다.

"이 집에 오늘 누가 들어온 적이 있어? 여자애 하나가 나갔다거나…. 똑바로 여길 지켰냐고 묻는 거야, 지금!"

귀가 따갑게 울리는 그의 목소리를 바로 코앞에서 듣자니 너무 무서워서 심장이 정말 튀어나올 것만 같았다. 얼이 빠져 넋 놓고 서 있는 나의 손을 잡고 주은이는 책상 아래로 숨었다.

"개미 새끼 한 마리 이곳에 들나들지 않았어요. 정말입니다, 형님. 저희가 오전부터 지금까지 여기 문 앞을 지키고 있지 않았겠습니까?"

둘 중 계속 서서 자리를 지켰던 헌터가 확신에 찬 목소리로 대답했다.

"아무도 이 집 밖을 나가지 않았다, 이거지? 그럼 이게 지금 어떻게 된 거야? 너희 지금 이 집 안에 개미 새끼 한 마리도 없는지 샅샅이 뒤져, 당장!"

두 헌터는 어리둥절한 표정으로 집 안을 살폈다. 그래봤자 방 하나뿐인 집이라 우리가 숨어 있던 방, 거실과 부엌, 그리고 화장실뿐이었다. 쓱 훑어보는 데 1분도 채 걸리지 않았다.

"형님, 정말이지 이 집엔 저희 말곤 아무도 없는데요?"

길성재는 듣는 둥 마는 둥 혼자만의 생각에 빠져 있는 듯 보였다. 잠시 후 길성재는 큰소리로 명령했다.

"지금 당장 나가서 여기에 있는 헌터들을 모두 소집해. 길래촌 안에 어쩌면 생명을 가진 인간이 돌아다니고 있다고. 먼저 붙잡는 헌터에게 인간의 세상으로 가는 우선권을 나 길성재가 주기로 약속했다고 어서 가서 알려!"

두 헌터는 서로 경쟁이라도 하듯 빛의 속도로 나가 버렸다. 우리를 잡기 위해 혈안이 된 헌터들이 이 판자촌에 득실댈 거라 생각하니 속이 울렁거릴 지경이었다.

문이 쾅 소리를 내며 닫히자 길성재는 의자에 기대 손가락을 까딱거리며 생각에 잠긴 듯 눈을 감았다. 움직일 생각이 없어 보였다. 우리는 언제까지 책상 밑에 숨어있어야 하는지 막막했다. 시계의 초 바늘이 째깍째깍 움직이는 소리가 들리는 것만 같았다.

이대로 날이 저물어 버리는 건 아닐까 점점 불안한 생각이 나를 사로잡으려는 그때, 길성재가 자리에서 벌떡 일어나더니 부엌 찬장에서 유리병을 꺼내 왔다. 주은이가 내 손을 꽉 잡았다. 맞잡은 우리의 손이 순식간에 축축이 젖었다.

"정말 이상하단 말이야. 영혼의 돌에서 이렇게 빛이 난다는 건 틀림없이 지금 돌의 주인이 가까이 있다는 말인데… 어디 도망가지도 못하고 이 집에 아직 숨어있다는 말인데 말이야…."

길성재가 병 안을 들여다보며 우리에게 들으라는 듯이 큰 소리로 혼잣말을 했다. 뚜껑을 열어 옅은 빛을 띠고 있는 영혼의 돌을 꺼내 보더니 길성재의 입가 한 쪽이 올라갔다.

"꼬마야, 너 지금 이 집 안에 숨어 있니? 꼭꼭 숨어라, 머리카락 보일라."

누구의 심장 소리인지 헷갈릴 정도로 주은이와 나의 심장은 동시에 요동치기 시작했다. 이제 정말 우리가 길성재에게 발각되는 건 시간문제였다.

부엌을 들어갔다 나온 길성재는 점점 수색 구역을 좁혀 왔다. 그는 넓지도 않은 거실을 구석구석 다니며 돌의 색을 주시했다. 거실에서도 만족스러운 빛을 찾지 못한 길성재는 결국 우리가 숨어있는 서재 방으로 들어왔다. 영혼의 돌이 핏빛의 붉은색을 뿜어대기 시작했다.

"여기 숨어있구나? 아니, 내게 이 좁은 방 어디에 숨어있는 거니?"

이상하게 다정한 길성재의 말투에 소름이 확 돋았다. 주은이와 나는 서로를 쳐다보며 어떻게 해야 할지 방법을 찾고 있었다.

길성재가 방을 한 바퀴 획 돌아본 후 거칠게 옷장 문을 다시 열었다. 사실 이 작은 방에 숨을 데라고는 그 옷장밖에 없기는 하다. 실망한 듯 옷장 문을 세게 쾅 하며 닫더니 그 작은 방을 다시 한 번 무서운 눈으로 훑기 시작했다. 길성재가 책상 앞에 섰을 때, 나는 속이 울렁거리다 못해 당장이라도 토할 것만 같았다. 그가 고개를 숙여 책상 아래를 확인하는 순간 나와 주은이는 몸을 최대한 뒤로 기댔다. 더는 확인할 곳이 없자 길성재는 혼란스러운 듯 고개를 갸웃하며 혼잣말을 했다.

"영혼의 돌이 주인 없이 색을 이렇게나 강하게 낼 리가 없잖아."

길성재는 반짝이는 영혼의 돌을 책상 위에 올려 놓았다. 아무래도 이해가 가지 않는 이 상황을 이해해보려 책상 의자를 빼더니 앉으려 했다. 책상 밑에서 간발의 차로 길성재의 다리가 닿을까 주은이의 손을 끌어 빠르게 위기를 모면했다. 책상 옆에 숨을 죽이고 섰다. 손만 뻗으면 책상 위의 영혼의 돌을 되찾을 수 있는데…. 영혼의 돌을 코앞에 두고 길성재와 우리의 대치가 계속되었다. 고민 끝에 나는 주은이를 데리고 부엌으로 갔다.

"아무래도 이제 내가 나서야 할 차례인 것 같아. 넌 내 영혼의 돌을 쥐고 숨어 있고 내가 가서 네 돌을 뺏어 올게."

"그러고 나서 어쩌려고 그래?"

주은이의 눈이 커지며 물었다.

"일단 아까 그 책상 자리로 같이 가자. 가서 내가 재빨리 돌을 훔쳐 올 동안 너는 내 영혼의 돌을 갖고 지금 여기 이 자리로 달려와서 서 있어. 내가 네 영혼의 돌을 찾아 여기로 달려와 네 손을 잡으면 우리가 보이지 않는 거지. 그럼 길성재도 엄청 혼란스럽지 않겠어? 그 틈을 타서 여길 탈출해 보자. 이해해?"

주은이는 걱정과 불안한 눈빛으로 나를 쳐다봤다.

"지금 달리 방법이 없잖아."

너무 걱정하지 말라는 의미로 주은이의 손을 꼭 잡았다. 주은이는 마지못해 고개를 끄덕였다.

우리는 다시 천천히 서재 방으로 이동했다. 길성재 앞 책상에 놓인 돌이 다시 붉은빛을 진하게 내뿜기 시작했다.

"젠장, 뭔 일이 일어나고 있는 거야, 대체!"

길성재는 다시 색을 띠는 영혼의 돌을 발견하고는 주변을 날카롭게 살피다 신경질적인 소리로 외쳤다. 일그러졌던 그의 얼굴이 한순간 무표정으로 변했다.

"설마!"

길성재가 뭔가 생각이 난 듯 외마디 외친 후 자리를 박차고 일어나는 순간 나는 잽싸게 주은이의 손을 놓고 튀어나와 책상 위에 무방비로 놓여 있던 주은이의 영혼의 돌을 손에 쥔 뒤 약속한 위치로 뛰어가 기다리고 있던 주은이의 손을 잡았다. 우리의 몸은 계획대로 형태를 완전히 감춰버렸다. 심장이 터질 것만 같았다. 주은이는 영혼의 돌을 내게서 건네받은 후 바지 주머니에 재빨리 집어넣었다. 앞으로의 일은 정말 나도 모르겠다. 그보다 좀처럼 진정되지 않는 가슴을 먼저 다스려야 했다. 워낙 순식간에 일어난 일이라 길성재는 혼란스러워 잠깐 얼이 빠진 것 같았다. 하지만 그것도 잠시, 곧 그는 소름 돋는 괴성을 지르며 거실로 뛰쳐나왔다.

"한 놈이 더 있네! 역시 너희가 소체 주술을 쓴단 말이지? 그 영감탱이를 만나 도움을 받은 거로구나? 얼른 당장 나와. 너희는 이제 독 안에 든 쥐야. 지금 이 집 주위엔 헌터들이 널려 있거든? 지금이라도 너희의 영혼의 돌을 순순히 넘겨주면 너희 둘 다 안전히 내보내 줄 수 있어. 그 정돈 해줄게."

길성재가 마치 우리를 설득하려는 듯 차분한 목소리로 허공에 대고 외쳤다. 그의 얼굴은 목소리와는 다르게 분노로 일그러져 있었다. 우리는 길성재를 겨우 몇 발자국 앞에 두고 어찌할 줄 몰랐다.

길성재가 빠른 걸음으로 방으로 들어가더니 내가 들어온 창문을 잠가 버렸다. 마치 내가 그 문을 통해 들어왔다는 것을 이미 알고 있었다는 듯 그 문으로는 절대로 다시 나가지 못할 것이라는 경고를 하는 것만 같았다. 이대로 헌터들이 집 안에 들어와 우리를 수색한다면 이 좁은 집에서 꼼짝없이 잡히고 말 것이다.

"얼른 돌을 갖고 나타나란 말이야!"

길성재가 이번엔 살기가 가득한 목소리로 소리를 질렀다. 깜짝 놀라 움찔한 순간 몸이 휘청거리는 바람에 찬장이 흔들렸다. 길성재가 그걸 놓치지 않고 눈을 희번덕거리며 부엌 쪽으로 다시 성큼성큼 다가왔다. 급하게 자리를 피해야 한다. 그때 주은이가 내 쪽으로 오느라 동선이 엉켰고 주은이의 이마와 내 코가 세게 부딪혔다. 큰일이다! 아픈 이마를 문지르느라 주은이가 내 영혼의 돌을 그만 놓쳐 버렸다. 바닥에 떨어져 떼

굴떼굴 구르던 내 영혼의 돌은 하필 길성재의 발 앞에 멈췄다. 주은이와 나는 이 당황스러운 상황에 넋이 나간 채 그 자리에서 일어 버렸나.

"이게 웬 떡이야? 애들아, 너희 덕분에 나는 영혼의 돌을 하나 더 찾아 버렸네? 고맙다고 인사라도 해야겠어."

길성재는 내 영혼의 돌을 주워 유심히 쳐다보더니 입을 귀까지 벌리고 소름 끼치는 소리를 내며 웃기 시작했다. 주은이와 나는 그 자리에서 아무것도 할 수 없었다. 길성재의 웃음소리는 마치 손톱으로 칠판을 긁는 것처럼 소름 끼쳤다. 주은이와 내가 이대로 이렇게 이 세상에서 사라질 수도 있다고 생각하니 눈앞이 캄캄해졌다.

"나머지 돌 하나도 순순히 내놔. 그러게 여기까진 뭣 하러들어왔어? 설마 너희가 나 길성재를 상대로 영혼의 돌을 되찾아 탈출할 수 있을 거란 생각이라도 한 거야?"

길성재가 승리의 미소를 지으며 오른손을 내 쪽으로 내밀면서 말했다. 코웃음을 치며 가소롭다는 눈빛을 우리에게 보냈다.

"아저씨, 제 돌을 드릴게요. 제발 제 친구는 영혼의 돌을 가지고 여기에서 나갈 수 있게 해주세요. 부탁드려요. 애는 그저 저를 위해 여기 막다른 세계로 따라온 것뿐이에요."

"안타깝지만 그럴 수는 없겠어. 너희는 나에게 알아서 굴러 들어온 복덩이들이란 말이야. 필요한 돌을 다 모으려면 아직도 나는 갈 길이 멀어. 그러니까 어서 돌 하나를 더 내놓으라고."

정말 내 영혼의 돌마저 뺏기리라고는 상상도 하지 못했다. 이대로라면 우리는 미지의 세계에 갇혀 버리고 말 것이다. 갑자기 머리가 핑핑 도는 것만 같았다. 여기서 길성재의 손에 죽는 게 차라리 나을지도 모르겠다. 그 말은 곧 죽음을 각오하고서라도 주은이와 나의 영혼의 돌을 지켜야 한다. 짧은 시간 동안 꼬리를 문 생각을 하다 보니 왠지 막연하게 용기가 솟았다. 순간 나는 막무가내로 길성재의 앞으로 다가가 내 영혼의 돌을 들고 있는 길성재의 가느다란 손을 힘껏 '탁' 쳐 버렸다. 내 영혼의 돌이 길성재의 손에서 벗어나 하늘로 날아올랐다. 나는 있는 힘껏 도약해서 높이 뜬 돌을 낚아챘다. 영혼의 돌이 내 손에 닿는 순간 내 몸은 다시 사라져 버렸다. 한눈에 보기에도 연약한 길성재는 예상치 못한 내 반격에 당황하여 뒤로 물러났다. 주은이 역시 내 행동에 놀라 겁에 질린 채 얼이 빠진 표정으로 내가 사라진 쪽을 바라봤다.

"뭐야? 쪼그만 게 겁대가리가 없어. 당장 내놓지 못해?"

길성재는 분노로 일그러진 얼굴로 한 손으로는 빠르게 긴 머리카락을 강박적으로 귀 뒤로 넘기며 소리쳤다.

"그건 절대 안 돼요."

나의 단호한 목소리에 길성재가 흠칫 놀라는 눈치였다. 하지만 곧 콧방귀를 끼더니 큰소리로 외쳤다.

"거기, 보초! 얼른 들어와 봐. 침입자야! 침입자가 있다고!"

문밖에선 아무 반응이 없었다.

"어이! 내 말이 안 들려? 너희 정신 안 차릴래?"

다시 한 번 길성재가 목에 핏대를 세우며 외쳤지만 인기척도 나지 않았다. 그도 그럴 것이 길성재가 보초를 서는 헌터들은 주은이를 찾으러 떠났기에 이곳에 없을 테니까 우리에게는 더없이 좋은 기회였다. 그는 그 사실을 잊었는지 대답 없는 현관문 쪽으로 신경질적으로 걸어갔다. 그사이 나는 주은이의 손을 꽉 잡고 길성재의 뒤를 따라갔다. 현관문을 활짝 열어 아무도 없는 것을 확인한 길성재는 크게 당황한 것 같았다. 그가 긴 머리를 다시 한 번 습관적으로 귀 뒤로 넘기는 순간 나는 주은이와 잡고 있던 손으로 있는 힘껏 힘을 끌어모아 길성재의 등을 강하게 밀어 버렸다. 길성재가 괴성을 지르며 현관문 밖으로 땅에 코를 박은 채 꼬꾸라졌다.

주은이는 당황한 얼굴로 나를 쳐다봤다.

"이제 무조건 내 손을 잡고 달리는 거야!"

나는 주은이를 바라보며 외쳤다. 한 손으로는 내 영혼의 돌을 꼭 쥐고, 다른 한 손으로 주은이의 손을 잡은 채로 넘어진 길성재를 뛰어넘은 후 좁은 골목길을 내달리기 시작했다. 바깥의 후끈후끈하고 뜨거운 열기조차 너무나 반가웠다. 정신없이 달리느라 접질린 다리가 아픈 것도 잊었다. 곧 뒤에서 길성재가 끙끙대며 쫓아오는 소리가 들렸다. 분명 우리가 눈에 보이지는 않겠지만 이 꼬불꼬불하고 복잡한 판자촌의 골목길을 잘 아는 길성재가 우리를 따라잡을 확률은 매우 높았다. 이대로 계획 없이 달리다가는 우리는 미로처럼 복잡한 이곳에서 길을 잃거나 길성재에게 붙잡히기에 십상이다.

운 좋게도 우리는 몇 개의 갈림길에서의 옳은 선택으로 막다른 길을 피해 내달릴 수 있었다. 이대로 이곳을 빠져나가는 건가 하는 희망적인 생각이 들던 때, 바로 몇 미터 앞에 대략 열댓은 넘어 보이는 한 무리의 영혼들이 길을 막고 서 있는 게 보였다. 몇몇은 손에 기다란 무기처럼 보이는 것을 들고 있었다. 길성재는 마치 우리가 눈에 보인다는 듯이 바짝 쫓아오고 있었다.

우리의 대탈출은 바로 여기까지인 듯했다. 땀은 비 오듯이 흐르고 숨은 턱밑까지 찼다. 그래도 이만큼 했으니 여기서 그만 포기해도 왠지 후회는 없을 것 같았다. 누가 뭐래도 나는 성발 죄선을 다했으니까. 주은이의 손을 여전히 꼭 잡은 채로 우리는 길을 막고 있는 영혼의 무리 앞에서 멈춰 섰다. 두려움에 그들을 쳐다볼 수가 없었다. 이제는 정말 우리의 운명을 받아들여야 했다. 우리를 뒤따라온 길성재도 무리 앞에서 급하게 멈춰 섰다.

"뭐야, 당신들 누구야? 여기로 뛰어오던 꼬맹이들 못 봤어?"

길성재가 숨을 헐떡이며 물었다.

"네 이놈! 바로 네 놈이로구나!"

화가 단단히 난듯한 무서운 목소리가 무더운 공기를 가득 메웠다. 갑자기 무기를 든 남자들이 길성재를 향해 전진했다. 나는 재빨리 그들의 진로를 방해하지 않게 주은이를 담벼락 쪽으로 끌어당겼다. 도대체 무슨 일이 벌어지고 있는 것인지 이해가 되지 않았다.

"이게 뭐 하는 짓이야! 내가 누구인지 알고 이러는 거야!"

네 명의 건장한 남자들에게 결박된 길성재는 무척이나 당황한 목소리로 고래고래 소리를 질렀다.

"네가 누군지는 내가 알지. 우리와 똑같이 목숨을 잃고 이곳에 온 주제에 거짓말로 가여운 영혼들을 꼬여내 헛된 희망을 품게 하고 나쁜 짓을 시키는 질 나쁜 놈! 무엇보다 우리 손자를 위협하는 악마 같은 놈! 너같이 막다른 세계의 물을 흐리는 놈은 절대로 가만히 둘 순 없다."

무서운 목소리의 주인공은 다름 아닌 할아버지였다. 무리 한가운데서 비장한 표정을 한 위엄 있는 모습의 할아버지가 내 눈에 들어왔다. 지팡이에 의지해 꼿꼿하게 서 있는 할아버지는 그 누구보다 반짝반짝 빛나 보였다. 할아버지 집에서 본 사진 속 멋진 군인의 모습이었다. 눈에서 갑자기 안도의 눈물이 흘러내렸다.

"할아버지!"

나는 영혼의 돌을 주머니에 넣고 주은이의 손을 놓은 채 한 치의 망설임 없이 할아버지를 향해 달려갔다. 갑자기 나타나 달려오는 나를 보고 할아버지는 깜짝 놀라 당황한 기색이었지만 곧 얼굴에 미소가 번졌다.

"수훈아, 무사했구나! 어디 다친 데는 없니? 네 친구는 괜찮고?"

"할아버지…."

할아버지의 양팔 안에서 나도 모르게 다리에 힘이 스르륵 풀리며 어린아이처럼 엉엉 울기 시작했다. 할아버지는 말없이 나를 품어 주었다.

정신을 차리고 주위를 살펴보니 열댓 명의 군복을 입은 군인들이 할아버지 곁에 무기를 들고 서 있었다. 젊은이부터 나이 드신 분들까지, 외모는 제각각이었지만 군인의 패기와 용맹함이 뿜어져 나오고 있었다. 할아버지와 일행들 뒤로 대여섯의 헌터들이 손이 묶인 채로 골목길 뒤쪽에 붙잡혀 있었다. 거기엔 눈이 가늘고 험악하게 생긴 우리에게 너무나 익숙한 얼굴도 보였다. 장백산이다.

"대체 이게 어떻게 된 거예요, 할아버지?"

"할아버지가 되어서 내 손주 정도는 지켜줘야지. 금영 계곡으로 나를 찾으러 온 너의 친구들 덕분에 여기까지 올 수 있었어. 내가 거기서 너를 찾고 있는 줄 그 아이들이 어떻게 알았는지, 원. 정말 기가 막힌 타이밍이었단다. 그렇지만 앞으로 다시는 이런 위험한 일에 얽혀서는 안 된다. 항상 누군가가 이 할아버지처럼 너를 도와줄 수는 없으니 말이다."

할아버지가 뿌듯한 미소를 지으며 말했다. 늘 인상 쓰며 굳어 있었던 할아버지의 얼굴에 미소가 번지자 아빠의 얼굴이 겹쳐 보였다. 아빠가 할아버지를 닮았다고 생각한 적은 한 번도 없었기에 묘하면서 따뜻한 기분이 들었다.

"참, 내가 아는 우리 동네에 사는 여자가 어제저녁 네 엄마를 만나기로 했다더구나. 이 얘기를 하려고 계곡에 어제 너를 찾으러 갔었는데, 아무리 기다려도 네가 목걸이를 찾으러 오질 않길래 내심 무슨 일이 생긴 건 아닌지 걱정이 되었단다. 그래서 혹시나 해서 오늘도 계곡으로 갔던 거야."

"원래 어제 목걸이를 찾으러 가는 게 우리의 계획이었는데, 주은이의 영혼의 돌을 방금 본 그 헌터에게 빼앗기면서 이 모든 게 틀어졌어요."

"그랬구나. 어쨌든 그 여자에게 네 소식을 꼭 전해 달라고 말은 했는데, 어떻게 되었는지 모르겠다. 누구든 어린 아들이 엄마를 찾으러 이곳 막다른 세계까지 왔다고 하면 믿기 힘들 수 있지 않겠니?"

엄마가 내가 이곳에 왔다는 사실을 지금쯤 알고 있을지도 모른다. 할아버지의 얼굴을 바라보자 나는 마음속에 복잡한 감정이 들며 울컥하며 눈물이 흘러내렸다. 할아버지 앞에서 강한 척 꾹 참고 싶었지만 참아지지 않았다. 사내자식이 쉽게 눈물을 보인다고 나무라실 줄 알았는데 할아버지는 그런 나를 말없이 따뜻하게 안아 주었다.

"수훈아, 부디 건강하고 씩씩하게 자라거라. 아빠랑 서로 의지하며 앞만 보며 좋은 생각만 하고 살아."

할아버지의 그 말이 너무나 슬프게 느껴졌다. 할아버지를 다시는 보지 못할까 봐 두려웠다. 할아버지 품에서 한동안 더 안겨 있고 나서는 할아버지께 그러겠다고 대답했다.

"남은 시간 안에 꼭 네 엄마를 찾길 바란다."

"도와주셔서 감사해요, 할아버지. 막다른 세계에서 할아버지를 다시 만나 너무 기뻐요."

할아버지는 내 머리를 한 번 쓰다듬은 후 우리를 두고 그렇게 동료 군인과 떠났다. 내가 그토록 무서워하고 좋아하지 않았던 우리 할아버지. 만약 막다른 세계에 오지 않았더라면 평생 우리 할아버지의 진짜 모습에 대해 알 수 없었을 것이다.

그 뒤로 럭키 아파트 놀이터로 다시 돌아오기까지의 기억이 뚜렷하지 않다. 주은이와 주은이의 영혼의 돌을 무사히 찾아야 한다는 압박감과 긴장감이 할아버지를 만나고 사라지며 정신이 혼미해졌다. 정신을 차려보니 어느새 어둑어둑한 하늘 아래 놀이터 앞 벤치에 주은이와 나란히 앉아 있었다. 수아와 정연이도 앉아 있는 우리 앞에 서서 주은이와 이야기를 나누고 있었다.

"수훈아 좀 괜찮아? 어디 아픈 건 아니지?"

주은이가 힘이 쫙 빠진 나를 보며 걱정스러운 목소리가 물었다.

"응, 나 괜찮아. 긴장이 풀렸나 봐. 그런데 어떻게 우리 할아버지한테 도움 청할 생각을 한 거야?"

정신이 들자 아까부터 궁금했던 질문이 번뜩 생각이 났다.

"계곡으로 할아버지가 오빠를 찾으러 오실지도 모른다고 했었잖아, 오빠의 엄마 소식 전하러 말이야. 아침에 오빠가 우리더러 절대로 따라오면 안 된다고 해서 수아 언니가 오빠 할아버지를 만나서 도움을 요청해보자고 아이디어를 낸 거야."

정연이가 신이 난 목소리로 대답했다.

"네 할아버지 정말 멋있으시더라. 우리 이야기를 듣자마자 너를 구할 계획을 쭉 짜시더라고."

수아의 이야기에 괜스레 내 어깨가 으쓱했다. 어제부터 온종일 마음을 짓누르던 압박감에서 벗어나자 내 몸과 마음이 날아갈 것만 같았다. 내가 주은이와 영혼의 돌을 되찾다니, 돌아가면 오늘 겪은 일을 잊지 않기 위해서 일기라도 써야겠다. 오늘의 나는 용기 있고 멋진 액션영화 속 주인공 같았으니까 말이다.

하늘 멀리 까마귀가 날아가는 게 보였다. 주은이를 찾던 나를 도와준 고마운 까마귀. 어쩌면 막다른 세계의 질서를 지키기 위해 어쩔 수 없이 우리를 도와준 것일지도 모르지만 확실한 건 까마귀 덕분에 길래촌에서 주은이를 찾을 수 있었다.

'엄마, 엄마를 만나러 온 이곳에서 좋은 친구들과 영혼들을 많이 만났어. 엄마를 너무 보고 싶지만 혹시나 우리가 못 만나너라도 너무 실망하지 말자. 사랑해.'

나는 빠르게 써 내려간 쪽지를 놀이터 앞 벤치 다리 안쪽에 숨겨두었다.

천근만근인 몸을 가까스로 뒤척이다 눈이 떠졌다. 침을 얼마나 흘리고 잤는지 이불이 축축하게 젖어 있었다. 몸에는 힘이 하나도 없었지만 머리가 맑고 기분이 좋다. 얼른 주은이네로 가서 할머니와 주은이의 상봉 장면에 함께하고 싶다.

커튼을 열기 위해 창문 쪽으로 움직이는데 왼쪽 발목이 시큰시큰 아팠다. 어제 창문에서 길성재의 방으로 떨어질 때 다친 다리의 통증이 이제야 오나 보다. 다행히 걷는 데는 크게 무리가 없을 것 같다. 시계가 오전 여섯 시 반을 가리켰다. 아직 아침 일곱 시도 안 되었다니. 계절이 아직 여름인지라 날이 벌써 환하게 밝아 있었다.

어제와는 다르게 주은이의 집으로 향하는 내 발걸음은 너무나 가벼웠다. 초인종을 누르자 할머니가 나를 기다리신 듯

문을 열고 반갑게 맞아 주었다. 내 눈을 보자마자 할머니는 나를 꼭 안아주셨다.

"수고했다, 수훈아. 정말 고마워."

내가 대답하려는 찰나에 주은이가 후다닥 현관문 쪽으로 달려 나왔다.

"수훈아! 여기에서 보니까 진짜 반갑네. 아침 안 먹었으면 같이 먹자."

"응, 좋아. 몸은 좀 어때? 다 괜찮아?"

"다 괜찮아. 봐, 여기 얼굴에 흉터도 벌써 거의 다 나았어. 멀쩡하지? 나 이제 정말 살 것 같아."

이 세상으로 돌아와 신이 난 주은이를 보니 나도 덩달아 기분이 좋았다. 주은이는 할머니가 밤낮으로 자신의 얼굴에 성심껏 약을 발라줬단 사실을 모르겠지?

주은이의 손에 이끌려 식탁으로 간 나는 궁중떡볶이, 잡채, 계란말이, 미역국 등 한 상 가득 차려진 아침상을 보고 깜짝 놀랐다.

"할머니가 내가 좋아하는 음식으로 다 만들었어. 역시 한 이틀 사라지니까 내가 얼마나 소중한 존재인지 드디어 할머니가 알아차린 게 틀림없어."

주은이가 깔깔 웃으며 말하자 할머니가 주은이의 머리를

주먹으로 꽁 박았다. 내가 아침에 이곳으로 올 걸 알았는지 감사하게도 식탁에는 내 자리도 마련되어 있었다. 얼마 만에 맛보는 진수성찬인지 모르겠다.

"너희 모두 수고했다. 쉽지 않았을 거야. 하지만 주은이와 영혼의 돌을 찾았다고 해서 마음을 놓아선 안 돼. 오늘 밤 마지막 여행에서 내 목걸이를 찾지 못하면 너희 둘 다 영영 돌아올 수 없어. 너희가 계획에도 없이 영혼의 돌을 뺏기는 바람에 이틀의 시간을 날린 만큼 이제부터 부지런히 찾아야 해. 물론 수훈이 네 엄마도 만나면 좋겠지."

우리의 맞은편에 앉으신 할머니의 표정은 심각했다.

"그나저나 그 위험한 남자가 또 나타나면 어떻게 하니? 또 너희의 영혼의 돌을 뺏으려 들까 봐 이 할머닌 걱정이다."

할머니의 주름진 눈가 밑이 한층 어두워 보였다. 분명 지난밤 걱정하시느라 엄청 마음고생을 하신 게 틀림없다.

"할머니, 걱정하지마. 어제 수훈이 할아버지가 덩치 좋은 남자들을 데리고 오셔서 그놈과 헌터들을 혼내주셨어. 아마 더는 우리를 건들지 못하게 손쓰셨을 거야."

"그렇다면 다행이고. 네 할아버지께 참 감사하구나, 수훈아."

할머니가 막 식사를 시작한 내 머리를 쓰다듬었다. 할아버지 이야기를 하니 갑자기 왜 아빠가 떠올랐는지 모르겠다. 문득 아빠는 혼자 집에 있는데 나 혼자 맛있는 아침을 먹고 있다는 사실이 마음에 걸렸다. 갑자기 가슴 한가운데에 무거운 돌이 콱 박힌 듯 답답한 기분이 들었다.

"할머니, 이따 음식이 남으면 혹시 우리 아빠 것도 좀 챙겨 주실 수 있을까요?"

내 부탁에 할머니는 껄껄 웃으며 대답했다.

"아이고, 아빠 생각하는 마음이 착하기도 하지. 그럼, 이따 다 챙겨줄게."

맛있는 할머니의 음식 덕분에 서서히 기운이 나기 시작했다.

식사를 마치고 할머니가 뒷정리하러 간 사이 우리는 각자의 부른 배를 쓰다듬으며 거실 소파에 앉았다.

"맞다, 우리 수아 동생 확인하러 가야지. 민아가 가족의 보살핌을 잘 받고 있을까? 한편으로는 수아가 민국이처럼 자유가 되어버려서 막다른 세계에 정연이만 혼자 남게 될까 봐 신경 쓰여. 그렇게 되면 우리 정연이 너무 가엾어서 어쩌지?"

주은이의 얼굴이 정연이에 대한 걱정으로 급격히 어두워졌다.

"일단 정연이는 나중에 걱정하고 수아의 부탁부터 들어줘야지. 말은 안 해도 수아가 엄청나게 기대하고 있을 거야."

내 말에 주은이는 수긍하는 듯 고개를 끄덕이며 자리에서 일어났다.

"이 숙제를 끝내 놔야 오늘 쉴 수 있을 것 같아. 일어나, 어서."

배가 불러 무거운 몸으로 소파에 늘어져 있는 나의 두 손을 주은이가 잡아 일으켜 세웠다. 우리가 집을 나서기 위해 현관문 쪽으로 향하자 할머니가 우리를 쫓아 나오며 말했다.

"너희 이 아침에 또 어딜 가니? 노파심에 물어보는데, 설마 망자들의 부탁 들어주러 다니는 건 아니지? 망자들의 한을 풀어주러 다니면 정말 끝이 없다. 명심해. 거기에 붙잡혀서 너희가 해야 할 일을 잊으면 안 돼. 할머니의 잔소리라고 생각하지 말고 새겨들어. 단 하루야. 오늘 밤 안에 목걸이도 찾고 수훈이 네 엄마도 잘 찾아서 너희와 연결된 막다른 세계의 문을 잘 닫아야 한다."

"우리도 잘 알고 있어, 할머니."

주은이가 할머니를 안심시키며 말했다.

눈을 찌르는 강한 햇살이 나의 잠을 깨웠다. 눈은 떠졌지만 몸은 천근만근 무거워서 움직이지 않았다. 지금까지와는 차원이 다른 피로가 몰려와 몸을 움직이지 못하도록 땅에 꽉 붙들고 있는 것 같았다.

"수훈아, 일어나봐!"

주은이가 나를 강하게 흔들었다. 갑자기 주문이 풀린 듯 나는 몸을 벌떡 일으켜 세웠다.

"괜찮아? 네가 눈을 뜨더니 움직이지도 않고 아무 반응이 없어서 깜짝 놀랐잖아."

주은이가 크게 안도의 한숨을 쉬더니 말했다.

"아, 너무 피곤해. 여기가 어디야? 막다른 세계야?"

며칠 동안 잠도 푹 자지 못하고 밤낮으로 막다른 세계와 우리가 사는 세계를 번갈아 왔다 갔다 했더니 오늘은 유난히 머리와 몸이 무거웠다. 특히 어제는 수아의 동생 민아를 만나고 오느라 더 그랬다.

"응. 우리 지금부터 서둘러서 할머니 목걸이를 찾으러 다녀야 해."

뭔가 주은이는 길성재의 아지트에서 탈출한 이후에 의욕이 더 강해진 것 같다. 반짝반짝 빛나는 눈으로 주머니에서 아크로 가루를 꺼내 아직 잠이 확 깨지 않은 나의 얼굴과 드러난 몸에 고루고루 발라 주었다.

"그런데 30년 넘게 여기 계곡 어딘가에 떨어져 있던 목걸이가 과연 그 자리에 그대로 있을까?"

주은이의 질문에 그 긴 세월을 생각하니 갑자기 내 머리가 지끈지끈 아파 왔다.

우리는 서둘러 금영 계곡으로 향했다. 날은 맑았지만, 계곡의 물살이 엄청 빨랐다. 자칫 잘못하다가 물에 빠져 위험해질 수 있을 것 같았다.

"주은아, 목걸이도 중요하지만 그보다 중요한 건 우리의 안전이야. 여기까지 어렵게 왔는데 물살에 떠내려갈 순 없잖아. 어떻게 해서든 목걸이를 찾아낼 테니까 위험한 행동은 하지 마."

무슨 일이 있어도 마지막까지 주은이를 지켜줘야 한다는 책임감이 강하게 들었다.

아직 수아와 정연이는 보이지 않았다. 우리는 그들이 올 때까지 계곡 하류부터 찾아보기로 했다. 할머니가 목걸이를 계곡 중류 즈음에 있는 바위 쉼터 근처에서 잃어버린 것 같다고 했는데 어쩐지 시간이 지나 하류 쪽으로 내려갔을 것만 같았다.

"빨간 루비가 달린 자개 펜던트 목걸이라면 분명 눈에 띌 거야. 그리고 우리가 막다른 세계에서 겪은 일들을 생각해 봐.

더한 일들도 다 해냈으니 목걸이 정도는 분명히 찾을 수 있을 거야."

나는 자기 주문처럼 할 수 있다고 외친 후 계곡 바닥과 주변 풀밭을 열심히 살폈다. 주은이도 몰두해 찾기 시작했다. 우리는 주변을 샅샅이 탐색하며 천천히 계곡 중류를 향해 올라갔다.

몇 미터 위로 바위 쉼터가 보였다. 아직 목걸이는커녕 반짝이는 돌조차 발견하지 못해 걱정되기 시작하던 차에 너무나 반가운 목소리가 들렸다.

"오빠, 언니! 우리 왔어. 같이 찾자."

수아와 정연이가 우리를 부르며 올라오고 있었다. 땀을 손으로 훔치는 수아의 얼굴은 우리가 수아를 처음 만났던 때 보다 훨씬 밝아 보였다.

나는 손을 흔들며 그 애들을 반갑게 맞이했다.

"안 그래도 우리를 도와줄 손이 필요하던 참이야. 생각보다 계곡이 너무나 넓어. 수십 년간 이곳 어딘가에 방치되었을 목걸이를 찾을 생각하니까 정말 막막했어."

주은이가 수아와 정연이 쪽으로 달려가 조잘조잘 말했다. 정연이를 제외한 우리는 계곡물 안으로 들어갔다 나오기를 반복하며 열심히 목걸이를 찾기 시작했다. 찌는 듯한 더위에 계곡물의 시원함이 너무나 고마웠다. 물살이 세고 유속도 매우 빨랐지만 우리는 서로에게 조심하라고 타이르며 주저함 없이 계곡과 그 주변을 탐색해 나갔다. 정연이는 계곡을 따라 큰 돌 밑에 혹시나 목걸이가 떨어져 있지는 않은지 들춰보며 걸어 올라갔다.

"막다른 세계에 살면서 계곡물에 이렇게 가까이 온 게 이번이 처음이야."

정연이가 목걸이를 찾으면서 말했다.

"계곡에서 노는 거 싫어해? 이런 더운 여름날은 계곡에 오면 얼마나 시원하고 좋은데!"

주은이가 정연이를 쳐다보며 물었다.

"옛날에는 좋아했던 것 같기도 해. 가족들과 온 적도 있는 것 같고. 기억이 잘 안 나. 그냥 막다른 세계에 살게 되고 나서 이쪽으론 잘 안 왔던 것 같아. 나 사실 물 무서워하거든."

"얘는 비가 오면 강아지처럼 좋아하면서 물은 또 무서워하더라. 민국이와 내가 예전에 수영하러 가자고 해도 절대로 같이 안 갔어."

수아가 목걸이를 찾기 위해 숙였던 허리를 펴고 스트레칭을 하며 말했다.

푸른 나무숲이 비쳐 계곡물에 초록색 물감을 풀어놓은 것만 같았다. 붉은 루비의 색과 대조되어 목걸이가 더 눈에 잘 띄기를 바랐다. 우리는 다시 말없이 목걸이 탐색에 집중했다.

정연이가 위쪽으로 걸어 올라가며 나와 거리가 벌어질수록 목걸이를 발견하지 못했다는 불안감이 커져만 갔다.

그때였다.

"안 돼!"

푸드덕하는 까마귀의 날갯짓 소리와 함께 계곡 위쪽에서 들리는 수아의 비명이 산 전체에 울려 퍼졌다.

급한 물살을 타고 정연이가 허우적거리며 떠내려 오고 있었다. 계곡물이 깊어져 발이 닿지 않는지 정연이의 머리가 물속으로 들어갔다 나왔다를 반복하며 바둥거리는 모습이 눈에 들어왔다. 그 순간 온 머리카락이 내 머리 위로 쭈뼛 서는 듯한 기분이 들었다. 유속이 너무 빨랐다. 하지만 정연이를 이대로 둘 수는 없었다. 나는 정연이가 떠내려가고 있는 방향으로 무조건 달리다 정연이가 가까워지자 그대로 계곡물에 몸을 던졌다. 수아와 주은이가 나를 향해 뭐라고 소리를 지르는데 하나도 귀에 들리지 않았다.

정연이가 내려오는 방향으로 팔을 열심히 저으며 계곡물이 흐르는 반대 방향으로 있는 힘을 다해 거슬러 올라갔다. 정연이가 내 팔에 닿을 때까지 숨을 꾹 참고 무조건 헤엄쳐 나아갔다. 내게 어디서 이런 힘이 나왔을까? 스스로 놀랄 정도로 초인적인 힘이 솟았다. 간발의 차로 정연이를 붙잡자 우리는 같이 떠내려가기 시작했다. 정연이가 허우적대자 내 몸에 힘이 빠지기 시작했다.

"수훈아 이걸 잡아!"

주은이가 우리가 떠내려가는 방향 쪽으로 긴 나뭇가지를 내밀며 소리 질렀다.

"얼른 잡으라고!"

수아의 커다란 외침에 정신이 번쩍 든 나는 한 쪽 팔로는 정연이를 붙잡고 다른 손을 뻗어 나뭇가지를 겨우 붙잡았다. 주은이와 수아가 힘을 합쳐 가까스로 나와 정연이를 물가 밖으로 꺼냈다. 우리 넷은 그대로 바닥에 쓰러졌다.

기절한 듯 보였던 정연이가 괴로워하며 물을 토해내기 시작했다. 주은이와 수아가 얼른 정연이를 일으킨 후 등을 두드렸다. 눈물이 주체할 수 없이 흘러내렸다. 그 짧은 순간, 엄마를 보고자 시작된 내 욕심으로 가엾은 정연이를 또 한 번 죽게 할 뻔했다는 자책감이 나를 괴롭게 했다.

"정연아, 괜찮아?"

주은이가 발을 동동 구르며 울부짖었다.

"언니, 나 이제 괜찮아…."

정연이는 이렇게 말을 한 후 겁에 질린 표정으로 큰 소리로 울기 시작했다.

"위험하게 갑자기 계곡물 안으로 들어가면 어떻게 해? 너 수영도 못하는데!"

수아도 눈물을 흘리며 정연이를 다그쳤다.

"반짝이는 게 있길래 주우려다가 그만…"

정연이는 여전히 겁에 질린 채로 아기처럼 울었다. 그런 후 꼭 쥔 주먹을 높이 들어 펼쳐보았다.

"할머니 목걸이야!"

주은이가 눈이 동그랗게 커지며 외쳤다. 할머니의 말처럼 금색 체인에 빨간색 루비들이 박힌 500원짜리 동전 크기의 자개 펜던트가 내 눈앞에서 반짝반짝 빛나고 있었다.

"정연이가 할머니 목걸이를 찾았어!"

나는 감격스럽게 외친 후 정연이를 꼭 안아 주었다.

"정연아, 정말 미안해."

"뭐가 미안해, 오빠가 날 구해줬잖아."

정연이가 살짝 미소를 띠며 말했다. 정연이의 얼굴은 매우 지쳐 보였지만 자기가 목걸이를 찾았단 사실에 스스로 감격한 눈치였다.

"정연이 덕분에 우리가 무사히 집으로 돌아갈 수 있게 되었어. 정말 고마워."

내가 정연이의 머리를 쓰다듬었다. 정말로 커다란 숙제를 끝냈다는 안도감에 몸의 힘이 사르르 빠지는 기분이다.

"우리한텐 그렇게 안 보이던 이 목걸이를 어떻게 이 조그마한 아이가 물속에서 발견했을까?"

주은이가 정연이를 기특하다는 듯이 바라보며 말했다. 루비 장식이 햇빛에 반사되어 빨간색 조명이 반짝반짝 빛나는 것처럼 보였다. 정연이는 뿌듯한 표정을 숨기지 못했다.

"이건 우리 할머니 목걸이니까 잃어 버리지 않게 내가 하고 있을게."

주은이가 펜던트를 목에 걸며 말했다.

수아가 주은이를 보며 따뜻한 미소를 짓는 걸 보니 문득 어제 민아를 만나고 온 일이 떠올랐다.

"참, 수아야 우리 어제 민아 만나고 왔어."

민아라는 이름을 듣자마자 수아의 왕방울만 한 눈이 더 커졌다.

"민아는 잘 지내고 있었어. 아직도 네 생각 많이 하고 있더라. 네가 막다른 세계로 오고 나서 소식을 들은 네 엄마가 집으로 돌아오셨대. 많이 후회하신 모양이야. 너에게 정말 미안하게 생각하면서 엄마 아빠 두 분 다 열심히 일하시고 민아도 잘 보살펴 주신대."

"정말? 엄마가 돌아왔다고?"

수아의 눈가가 한순간 촉촉하게 젖어 들었다.

"네가 들으면 어쩌면 조금 섭섭할 수도 있겠지만 너로 인해 사이가 다시 끈끈해질 수 있었나 봐. 그래서 더욱 민아는 너에게 너무나 미안한 마음을 갖고 있더라고…."

주은이는 수아의 표정을 살피며 조심스러운 말투로 얘기하다 말끝을 흐렸다.

"아니야, 절대로 민아 탓이 아니야. 나도 그 당시에 사실은 엄마를 찾고 싶었던 거야. 민아를 핑계로 내가 엄마를 찾으러 떠난 거였어. 민아가 엄마 아빠와 함께 잘 살고 있다니 정말 다행이야."

수아는 눈물을 흘리면서도 진심으로 민아의 소식에 기뻐했다. 너무나 어른스러운 수아가 대견하고 또 자랑스러웠다.

"너같이 좋은 언니가 있었다는 사실만으로도 민아는 감사하며 앞으로 씩씩하게 잘 살 거야."

네가 수이의 이깨를 이루민지며 말했다. 징연이도 어느새 다가와 수아를 꼭 껴안아 주었다.

세상에 남겨진 가족에게 잘 지낸다는 소식 그 한마디가 듣고 싶어서 막다른 세계의 영혼들은 이곳에 머무르며 떠나질 못하고 있다. 민아 이야기를 듣고 한껏 얼굴이 환해진 수아를 보니 가족이란 누구에게나 그만큼 소중하고 중요한 존재이구나 싶다.

"민국이는 정말 좋은 곳으로 갔을까?"

나의 질문에 수아가 곰곰이 생각한 후 입을 열었다.

"막다른 세계에 산다는 것은 매일매일을 되풀이해서 사는 기분이야. 특히 너희를 만나기 전에는 더욱 그랬어. 나이도 들지 않고, 죽기 직전의 그 모습에서 멈춰 있으면서 마음에 남은 가족들을 생각하며 하루하루를 보내는 거야. 재미있는 일상도 아니고 그렇다고 벌을 받는 것도 아니야. 그렇지만 이곳을 떠나지도 못하고 옛날의 일들만 생각하는 시간은 괴롭고 답답할 때도 있었어. 그래서 죽음을 잘 받아들이고 막다른 세계를 떠나는 영혼들을 보면서 우린 정말 부러워했어. 민국이는 지금 엄청 자유로울 거야. 그건 확실해."

"언니도 자유롭게 떠나게 될 거야 이제."

정연이가 수아를 아련하게 쳐다보며 말했다.

"정연아, 너는 정말 괜찮겠어?"

주은이가 정연이에게 다가가 꼭 안아 주었다.

"아야, 내 머리카락이 언니 목걸이에 걸렸어!"

주은이가 당황한 나머지 펜던트에 걸린 정연이의 머리카락을 억지로 잡아당겼다. 주은이가 머리카락을 빼내려 할수록 정연이는 비명을 지르며 더욱 고통스러워 했다.

"내가 해볼게!"

나는 주은이의 목에서 조심스럽게 목걸이를 뺀 후 정연이의 머리카락을 펜던트 장식 사이로 요리조리 빼내려 움직여보았다. 딸깍하고 무언가 눌리는 소리와 함께 펜던트가 열렸다.

"목걸이가 내 머리카락 때문에 고장이 난 건 아니겠지?"

정연이가 아픈 두피를 꾹꾹 누르며 말했다.

"이거 그거네. 펜던트 안에 사진 넣는 목걸이 있잖아."

나는 조심스레 벌어진 펜던트를 열어 보았다. 한 쪽엔 네 명의 가족사진, 한 쪽엔 한 어린아이의 빛바랜 사진이 하나씩 붙어있었다.

"이상하다, 우리 아빠는 외동아들인데? 이거 우리 할머니 목걸이가 아닌 거 아냐?"

주은이가 내가 들고 있던 목걸이를 가져가 사진을 확인했다. 사진을 가까이 들여다보던 주은이의 눈과 콧구멍이 갑자기 커지더니 정연이를 말없이 한동안 쳐다보았다.

"뭐야, 왜 그래? 이리 줘 봐."

나는 주은이의 손에서 목걸이를 다시 뺏은 후 사진을 자세히 들여다봤다.

할머니 젊었을 때의 가족사진에 정연이를 닮은 애가 찍혀 있었다. 반대쪽 펜던트에는 손으로 얼굴에 꽃받침을 하며 웃고 있는 정연이가 있었다.

"정연아, 네가 왜 주은이 할머니의 가족사진에 있어?"

나는 머릿속이 복잡했다. 이해가 가지 않았다. 나는 혼란스러운 상태로 정연이에게 펜던트를 건넸다. 펜던트 안의 사진을 들여다보던 정연이의 눈이 갑자기 커졌다.

"말도 안 돼. 이거 우리 가족이야. 우리 엄마, 아빠, 그리고 우리 오빠. 나 생각나. 우리 가족들이 다 기억이 나! 그런데 이 목걸이가 언니의 할머니 거라고?"

정연이가 주은이를 혼란스러운 표정으로 쳐다보며 물었다.

"응, 그 젊은 여자가 우리 할머니야. 그 어린 남자애가 우리 아빠이고. 어떻게 된 거지?"

한참 정연이가 침묵하며 생각을 하다가 입을 열었다.

"이제 기억이 나는 것 같아. 내가 어렸을 때 가족들과 여기 금영 계곡에 왔었거든. 엄마 아빠가 절대로 혼자 계곡물에 들어가지 말고 기다리고 있으라 그랬는데 내가 그만 오빠 공을 갖고 놀다가 실수로 계곡물에 빠뜨리는 바람에 공을 주우러 혼자 몰래 물에 들어갔었어. 그때도 분명 물이 깊어 보이지 않았는데 그대로 빠른 물살에 내가 떠내려갔어. 누가 내 이름을 애타게 불렀고 아빠가 나를 구하러 오는 장면이 기억에 남는데 그게 끝이었어. 그러고 나서 내가 여기에 오게 된 것 같아."

정연이의 말이 끝나기도 전에 정연이의 눈에서 눈물이 쏟아져 내렸다.

"이제 모두 기억이 나. 우리 엄마 너무 보고 싶어."

정연이의 울음소리가 점점 커졌다.

"정연아, 그래서 우리 할머니가 너를 찾으러 30년 전에 여기 막다른 세계에 왔었나 봐. 너를 만날 수 있을 거라는 생각으로 계곡에서 너를 찾다가 이 목걸이를 떨어뜨렸던 거지. 할머니는 여전히 네 생각을 하느라 우리에게 이 목걸이를 찾아 달라고 했을 거야. 이렇게 내가 우리 할머니 대신 너를 만났네."

주은이도 눈물을 흘리며 정연이를 끌어안았다. 정연이도 주은이를 꽉 껴안았다. 수아와 나 역시 뭉클하고 감격스러운

이 순간을 지켜보며 눈에 눈물이 고였다. 한참을 그렇게 둘은 서로를 안고 있었다. 어쩌면 우리가 막다른 세계에 올 수 있었던 이유가 우리 엄마를 만나기 위함 때문만은 아닐 거라는 생각이 들었다. 어쩌면 정연이와의 이런 만남을 예상하고 할머니가 우리를 이곳에 보내준 게 아니었을까?

"정연아, 너와 내가 가족이었어. 어떻게 이럴 수 있지?"

주은이가 정연이를 다시 한번 꼭 껴안으며 감격스러운 목소리로 이야기했다. 정연이가 주은이의 품에 기대며 머리를 비볐다.

"주은아, 따지고 보면 정연이가 네 고모야. 네가 그렇게 반말을 할 대상이 아닌 거 같은데?"

수아의 말에 우리는 모두 웃음이 터져 버렸다.

이곳에 머무를 수 있는 시간이 얼마나 남았을까? 마음이 조급해지자 내 발걸음이 빨라졌다. 아이들과 제대로 작별인사를 하지 못한 게 너무나 아쉬웠지만, 나에게 남은 가장 중요한 일을 하기 위해 그들의 응원을 받으며 서둘러 계곡을 떠났다. 아참, 주은이는 정연이와 함께 시간을 보내다가 돌아가기로

했다. 둘처럼 나도 얼른 엄마를 만나야지.

엄마가 만약 내가 이곳에 왔다는 사실을 지금쯤 알고 있다면 엄마가 나를 기다릴만한 곳은 한 곳밖에 없다. 그것 말곤 아무 생각이 나지 않았다.

매일 엄마와 함께하던 게 12년 내 인생에서 너무나 당연한 일이었는데, 고작 지난 몇 달 떨어져 있다가 어쩌면 마침내 이렇게 다시 만날 수도 있겠다고 생각하니 긴장되고 좀처럼 마음이 진정되지 않았다. 현관문 비밀번호를 누르는데 손이 바들바들 떨려 두 번이나 다른 번호를 눌렀다. 다시 누르려던 중 갑자기 현관문이 활짝 열렸다.

"엄마?"

아무리 그리워해도 꿈에서도 보이지 않던 우리 엄마가 맞았다. 나는 큰소리로 울부짖으며 엄마를 껴안았다.

"수훈아!"

이건 꿈일까, 현실일까? 이대로 시간이 멈춰 버렸으면 좋겠다고 생각했다. 내가 무엇보다 그리워했던 따뜻하고 향기로운 우리 엄마의 품. 누구보다 나를 잘 이해해주며 사랑해주는 나의 우주, 나의 전부인 우리 엄마. 엄마를 다시 만나기 위해 버텼던 지난날들이 영화처럼 머릿속에서 스쳐 지나갔다. 눈물로 얼룩진 서로의 얼굴을 뚫어지게 쳐다보았다.

"어쩌자고 이곳에 왔어? 여기는 네가 올 곳이 아니잖아. 아무리 엄마가 보고 싶어도 그렇지."

엄마는 예상대로 내 걱정부터 하기 시작했다.

"엄마, 우리 작별인사도 못 했잖아. 왜 나를 기다리지도 않고 떠난 거야, 왜…. 엄마 없으면 나 절대로 안 되는 거 잘 알면서."

엄마가 떠나 버렸을 때 느꼈던 원망이 나도 모르게 내 입에서 튀어나왔다. 이런 이야기를 하려고 한 게 아니었는데, 엄마를 안심시키고 좋은 말만 할 거라고 머릿속으로 다짐하고 또 결심했는데, 결국 엄마를 만나니 원망 섞인 마음이 드러났다.

"수훈아, 엄마가 미안해. 엄마가 우리 수훈이 멋진 어른으로 자랄 때까지 옆에서 지켜주지 못해서 미안해. 수훈이 옆에 있어 주진 못해도 네가 어디에 있든 무얼 하든 엄마는 수훈이를 응원하며 생각하고 있을 거야."

엄마의 표정에서 이 상황을 얼마나 안타깝고 미안하게 생각하는지 알 수 있었다. 엄마가 이렇게 목 놓아 우는 모습을 처음 봤다. 사실 엄마가 잘못한 건 하나도 없는데, 엄마가 선택해서 이렇게 된 것도 아닌데 나도 모르게 엄마를 가슴 아프게 만들었다는 죄책감이 들었다.

"아니야, 엄마. 미안해하지 마. 내가 잘못 말했어. 미안해.

나 힘내서 잘 살 거야. 엄마가 걱정할 필요 없게 씩씩하게 아빠랑 잘 살게. 그러니까 엄마도 우리 다시 만나는 날까지 잘 지내고 있어야 해."

엄마의 얼굴에 흐르는 눈물을 닦아주며 말했다. 흑백의 우리 엄마, 낯설지만 또 낯설지 않다.

"우리 수훈이 정말 다 컸네. 그렇게 말해줘서 정말 고마워. 엄마는 그거 말고는 정말로 바랄 게 없어."

엄마 또한 내 얼굴에서 눈물을 닦아 준 후 다시 꼭 안아 주었다. 지난 몇 달 동안 내가 수도 없이 상상하고 꿈꾸던 순간이다.

"수훈아, 아빠는 잘 지내? 아마 아빠도 우리 수훈이처럼 힘든 시간 보내고 있을 거야. 네 아빠가 할아버지 닮아서 표현은 잘 못 해도 엄마만큼 너를 세상에서 가장 사랑한다는 걸 수훈이 네가 꼭 알아야 해."

엄마가 내 머리를 쓰다듬으며 말했다.

"응, 나도 이제 알고 있어. 아빠도 나를 더 신경 써 주려고 노력하는 것 같아. 엄마에게 못다 한 것들을 나한테 대신 해주는 느낌이야. 엄마에게 미안해 하는 것 같기도 하고."

엄마가 왠지 씁쓸해 보이는 미소를 지으며 말했다.

"아빠가 다 큰 성인이더라도 때론 힘들어서 울고 싶고 아마 그럴 거야. 우리 수훈이가 아빠를 조금 이해해주고 아빠와 서로 의지하며 힘이 되었으면 좋겠어."

나는 대답 대신 엄마의 손을 잡으며 고개를 끄덕였다.

"엄마, 나 엄마와 그냥 이곳에서 살고 싶어. 엄마 없는 집으로 돌아가고 싶지 않아."

"수훈아, 엄마도 너와 항상 함께하고 싶어. 하지만 우리 수훈이는 아직 할 일이 많이 남아있어. 멋진 어른으로 자라서 네 꿈을 펼쳐보고 해보고 싶은 것들 다 해본 후에 엄마와 만나도 절대로 늦지 않아. 엄마의 몸이 네 옆에 없을 뿐이지 마음은 언제나 너와 함께 할 거야."

"그래도 엄마, 나 잠에서 깨기 싫어. 얼마나 힘들게 엄마를 찾아왔는데…. 엄마 얼굴을 보니까 너무 좋아. 정말 여기에 잘 왔어, 나."

엄마와 곧 헤어진다고 생각하니 불안함과 슬픔이 몰려와 또다시 눈물이 터져 버렸다. 엄마는 나를 아기처럼 품어 주었다.

"엄마, 나 서울 할머니 집에 갔을 때 엄마 방에서 엄마가 써 놓은 글을 보고 엄마가 다녀간 줄 알았다? 내가 그 후로 어디 갈 때마다 혹시 엄마가 알아봐 주지 않을까 하고 쪽지를 써 놓고 다녔는데, 혹시 본 적 있어?"

거실 소파에 앉은 엄마의 무릎을 베고 엄마가 나의 자취를 발견한 적이 있는지 물어 봤다.

"정말? 엄마는 이곳으로 온 후에 엄마가 살아온 인생을 잘 정리해보려고 의미 있는 장소들을 찾아 정신없이 돌아다녔어. 그러느라 다녀온 곳은 또 방문하지 못했는데 엄마가 이곳을 떠나기 전까지 열심히 우리 수훈이의 자취를 찾으러 다닐게. 엄마에게 즐겁고 기대되는 미션이 될 것 같은데?"

엄마가 나의 머리카락을 쓸어 넘기며 말했다. 우리 엄마는 정말 나를 기분 좋게 해주는 말만 골라 한다. 엄마는 계속해서 나를 쓰다듬어 주며 엄마가 기억하는 나와 관련된 행복한 추억을 하나하나 이야기해 주었다. 엄마의 품은 여전히 따뜻하고 나에게 어느 곳에서도 느끼지 못하는 안정감을 주었다. 엄마는 막다른 세계까지 찾아온 나를 보며 어떤 생각을 하고 있을까? 꿈만 같다고 생각했다. 엄마의 품에 안겨 엄마의 목소리를 듣고 있는 이 순간이 말이다. 몸이 나른해졌다. 나도 모르게 잠이 들 것만 같아서 엄마와의 시간을 조금이라도 놓칠까 봐 정신을 차리려고 눈을 번쩍 떴다.

눈앞에는 아빠가 내 이마를 짚으며 걱정스럽게 내려다보고 있었다.

"수훈아, 정신이 좀 드니? 간밤에 들여다보니 네가 끙끙대며 사고 있길래 아빠가 걱정되어서 살 수가 있어야 말이지."

아빠는 눈을 뜬 나를 보고 안도의 한숨을 쉬며 말했다.

"엄마! 우리 엄마! 엄마, 어디 갔어?"

"엄마가 꿈에 다녀갔구나?"

아빠가 작게 한숨을 쉰 후 나를 꼭 안아 주었다. 그제야 나는 엄마 품에서 잠이 들어 현실로 돌아왔음을 깨달았다. 왜 바보같이 그 소중한 순간에 잠이 들어 엄마와의 마지막을 그렇게 끝내 버린 건지 나 자신이 너무 원망스럽고 속이 상했다. 아빠의 품에서 설움이 터져 버렸다.

"아빠, 엄마가 너무 보고 싶어. 너무 보고 싶어 죽겠어요."

아빠 앞에서 그간 숨겨왔던 내 눈물샘이 폭발해 버렸다. 이제 다시는 엄마를 만나지 못한다는 생각에 이 세상이 무너지는 것만 같은 기분이었다. 아빠는 말없이 나를 계속 안아 주었다. 그때, 내 어깨 한쪽이 축축하게 젖어 드는 게 느껴졌다. 아빠가 몸을 들썩거리며 울고 있다. 나는 아빠를 토닥여주었다. 지금 이 순간, 우리 아빠가 내 곁에 있어서 참 다행이다.

에필로그

못다 한 이야기 I

어깨를 들썩이며 눈물을 흘리는 할머니를 보니 마음 한구석이 아려왔다. 정연이 소식을 들으면 마냥 반가워할 줄만 알았는데….

"할머니 괜찮아?"

나는 할머니에게 다가가 등을 어루만졌다.

"응. 할머니가 기분이 좋아서 그래. 정연이 소식 들으니까 너무 좋아서. 네가 우리 정연이까지 만나고 올 줄이야."

"막다른 세계에서 내내 같이 다녔는데 처음부터 알았다면 얼마나 좋았을까? 나는 내가 고모가 있었다는 사실도 몰랐어."

할머니가 기쁨의 눈물을 흘리고 있다는 사실에 안도했다.

"정연이는 어때 보였어? 어디 몸이 상한 데는 없었고?"

"고모는 거기서 아직도 7살이잖아. 귀엽고, 밝고, 너무 예뻤어. 목걸이 속 사진을 보고는 할머니가 보고 싶다고 아기처럼 울더라. 이제 고모는 민국이랑 수아처럼 좋은 곳으로 갈 수 있을 거야. 그러니까 너무 걱정하지 마, 할머니."

"정말 고맙다, 주은아. 정연이 일을 겪고 이 할머니는 자식이든 손녀든 위험한 곳 근처에 가는 것도 싫었어. 네가 그동안 속으로 날 많이 원망했을 거란 걸 나도 잘 안다. 이 할머니 때문에 학교에서 놀림 받은 것도 그렇고. 정말 미안하고 또 이해해줘서 고맙다."

"나도 할머니한테 못되게 군 거 미안해. 이번에 막다른 세계에 산다고 걱정 끼친 것도. 할머니가 날 얼마나 생각하는지 알아, 나도."

우리는 말없이 서로를 부둥켜안고 한참을 있었다.

다시 월요일 아침이 밝았다. 대단했던 막다른 세계로의 여행은 끝났지만 우리의 하루는 여전히 계속된다.

"그래서 엄마를 만나니 어땠어? 마지막 인사는 잘했고?"

수훈이가 마침내 아줌마를 만났다니 내 마음이 벅차오르고 감격스러웠다.

"말 그대로 꿈만 같았어. 헤어질 걸 아니까 슬프고… 그냥

271

평소처럼 대화하고 그러다 엄마 품에서 잠이 드는 바람에 돌아왔어. 처음에는 그렇게 잠이 들어 버린 나 자신에게 너무나 화가 났는데, 그렇지 않았더라면 막다른 세계에서 아마 제정신으로는 영영 작별하지 못했을 것 같아."

수훈이가 슬픈 미소를 지어 보였다.

"그래도 엄마와 이야기를 나누고 나니 살아갈 힘을 얻은 기분이야. 나 씩씩하게 잘 지낼 거야."

수훈이가 엄마와의 이별을 잘 받아들이는 것 같아 다행이다.

"멋지다, 이수훈!"

나는 수훈이의 목에 팔을 두른 채 힘차게 교문 안으로 들어갔다.

못다 한 이야기 II

"수훈아, 오늘은 아빠랑 할머니 뵈러 요양원에 면회 같이 안 갈래?"

아빠가 침대에 누워 있는 나를 바라보며 조심스럽게 물었다. 할머니를 뵙고 온 지 오래된 것 같아 흔쾌히 아빠를 따라나서기로 했다. 할아버지 이야기를 드디어 아빠에게 해줄 좋은 기회인 것 같아 할아버지가 주신 군번줄을 얼른 서랍에서 꺼내 챙겼다.

"수훈아, 엄마가 우리 곁을 떠난 지 벌써 거의 반년이 되어가. 아빠가 그동안 내 마음 추스르느라 정신이 없어 수훈이 네 마음을 신경 못 써준 것 같아."

아빠가 운전 중 옆 좌석에 앉은 나를 흘끗 쳐다보며 말했다. 생각지도 못했던 아빠의 사과에 나는 어쩔 줄 몰랐다.

"네, 전 괜찮아요. 저도 그때 함부로 말한 거 죄송해요."

차 안의 분위기가 갑자기 숙연해졌다. 아빠와 차 안에서 이런 진지한 대화를 주고받을 거라고는 생각하지 못해서 그런지 한참 동안 입이 떨어지지 않았다.

"저번에 꿈에서 엄마를 만났다고 했잖아. 아빠는 아직 엄마를 꿈에서 본 적이 없어."

아빠의 말에 잠시 잊고 있었던 엄마를 잃은 슬픔이 다시 밀려 왔다.

"아빠, 만약 엄마를 딱 한 번 다시 만날 수 있다면 어떤 말을 해주고 싶어요?"

몇 초간 침묵을 지키다 입을 열었다.

"그동안 내 옆에 함께해줘서 정말 고마웠다고 말해주고 싶어. 당신은 최고의 아내이자, 엄마, 딸, 며느리였으니까 이제는 모든 책임에서 벗어나서 자유롭게 훨훨 날아가라고. 아빠는 성인이 되고 나서 젊은 날들을 전부 엄마와 함께해서 엄마 없이 지내는 법을 아직도 잘 몰라. 엄마는 그런 아빠를 위해 많은 걸 희생했고. 다 알고 있었는데 너무나 당연하다고 생각해서 표현을 못 했어. 요즘 들어서 아빠 때문에 포기한 게 많은 네 엄마에게 정말 미안하더라. 할 수만 있다면 그런 내 마음을 전해주고 싶어."

아빠의 얼굴이 슬퍼 보였다. 역시 내가 엄마에게 전달한 그대로였다. 그동안 아빠와 지내는 동안 엄마를 찾는 일 못지않게 아빠를 이해하려는 마음을 키워보려고 노력했었다.

"아빠, 그럼 할아버지는 아빠에게 어떤 아버지였어요?"

할아버지의 군번줄을 주머니에서 만지작거리다 용기를 내어 할아버지 이야기를 꺼냈다.

"네 할아버지? 글쎄, 너도 알다시피 아빠와 할아버지는 그다지 가깝지 않았어. 할아버지가 워낙 군인 생활을 오래 하셔서 엄격하고 무서웠거든. 할아버지와 무언가 같이 해본 기억이 별로 없어서 나도 좋은 아빠가 되려면 어떻게 해야 하는지 잘 몰라. 있지 수훈아, 아빠는 할아버지의 사랑을 받고 자라지 못했지만 나는 너에게 그래도 노력하는 아빠가 되고 싶어. 이제 정말 우리 둘뿐이잖아."

예상했던 말이지만 아빠는 역시나 할아버지의 마음을 모르고 있었다.

"그런데 갑자기 할아버지 이야기가 왜 궁금했어?"

"할머니 뵈러 가니까 갑자기 생각났어요. 사실 얼마 전에 집에서 할아버지 군번줄을 찾았는데, 거기 아빠 이름과 생일이 새겨져 있더라고요. 알고 계셨어요?"

아빠가 운전하며 흘끗 나를 쳐다봤다.

"내 이름이 새겨져 있다고? 금시초문인데? 사실 네 할아버지의 군번줄을 가까이 본 적도 없어서 그런 게 집에 있는지도 몰랐네."

아빠가 씁쓸한 미소를 지었다.

"할아버지도 아마 표현을 못 하셔서 그렇지 아빠를 많이 사랑하셨을 거예요. 설명하긴 어렵지만 할아버지의 군번줄을 보니까 그런 마음이 느껴졌어요. 어쩌면 그 군번줄을 보고 언젠가 아빠가 할아버지의 마음을 알아주길 바라셨을 거예요."

내 착각일까? 아빠의 눈가가 왠지 촉촉하게 젖어 드는 것 같았다.

"정말 그렇게 느꼈단 말이야?"

대답 대신 고개를 끄덕였다.

"수훈아, 아빠도 그런 할아버지 밑에서 자라서 자식에게 표현하는 방법이 서툴러. 아빠가 되어 보니 알겠어. 생각보다 자식에게 부모의 마음을 전부 보여주는 게 쉽지 않다는 걸. 아빠가 살갑게 표현은 못해도 너에 대해서 궁금한 것도 많고, 관심도 아주 많아. 네가 알고 있으면 좋겠어. 엄마가 함께 있었더라면 더 바랄 것이 없겠지만 이 세상에 이렇게 우리 둘이 덩그러니 남았으니까 서로 의지하며 잘 지내보자. 아빠가 더 많이 표현하고 신경 쓸게. 너도 마음이 내킬 때 아빠한테 네 생각과 일상을 좀 공유해줘. 예전에 왜 혼자 영월동까지 갔었는지, 주은이와 오늘은 뭘 하고 놀았는지 뭐 그런 것들."

아빠가 조곤조곤 느릿한 말투로 어린아이에게 설명하듯 이야기했다. 아빠의 말이 끝나자 갑자기 뜨거운 것이 내 몸에서 올라왔다. 울컥 눈물이 나올 것 같았다. 엄마가 없는 이 세상에 의지할 수 있는 사람이 있다는 것은 너무나 다행이다. 아빠와 길게 대화를 한다는 게 엄청 어색한 일일 줄 알았는데 생각보다 금방 괜찮아졌다. 아빠에게 앞으로 마음을 열 수 있을 것 같은 기분이다.

우리는 곧 할머니가 계시는 요양원에 도착했다. 금영시 외곽에 위치해 산과 호수가 보이는 한적하고 아름다운 곳이다. 할머니의 방문을 열자 침대에 누워 계시는 할머니가 환하게 웃으며 일어나 내 두 손을 잡으며 반갑게 말했다.

"아이고, 우리 준석이 왔구나! 우리 준석이가 보고 싶어서 엄마가 눈물이 날 뻔했어. 준석이는 이렇게 그대로인데 엄마만 흰머리가 이렇게 나네."

할머니가 나를 아빠로 착각하며 글썽였다.

"엄마, 애는 내 아들 수훈이고 엄마 아들은 여기 있잖아요."

아빠가 할머니의 얼굴을 만지며 말했다.

"네가 준석이라고? 맞네. 우리 아들 맞네. 그런데 선영이는 같이 안 왔어?"

할머니가 어리둥설한 표성으로 말했다.

"응, 선영이 못 왔어. 엄마가 나중에 선영이 만나거든 꼭 잘해줘. 선영이가 엄마한테 참 잘했잖아."

아빠가 서글픈 눈으로 말했다. 어쩐지 아빠가 할머니도 언젠가 돌아가신다는 걸 인정하고 있는 것 같았다.

"네 아빠는 어디로 가서 안 와? 내가 목마르다고 물 좀 가져오라고 시켰는데. 고얀 영감탱이 한평생 우릴 살얼음판에서 살게 하고 고작 물 한 잔 갖다 달라는데 농땡이야! 군기도 싹 다 빠지고 이제 정말 쓸 데가 하나 없네."

할머니가 갑자기 화를 내기 시작하자 아빠가 물을 가지러 밖으로 나갔다.

"아이고, 우리 수훈이가 이렇게 컸구나. 준석이를 꼭 빼닮았어. 우리 강아지, 너무 예쁘네."

할머니가 온화한 미소를 지으며 내 볼을 만지며 말했다.

"할머니, 할아버지가 막다른 세계에서 할머니 생각 많이 하고 계세요. 사랑하는 마음을 표현하지 못하고 산 게 너무나 후회된대요."

나는 속삭이듯 할머니에게 말했지만 할머니는 내 말에 별

반응 없이 그저 내 볼을 어루만졌다.

"딴 건 몰라도 그 영감탱이가 수훈이 너는 엄청나게 예뻐했어. 귀한 우리 손자, 할머니가 그건 확실히 알지."

할머니는 한참 동안 내 얼굴을 쓰다듬었다.

"엄마, 수훈이랑 또 엄마 보러 올게요. 그때까지 밥도 약도 잘 챙겨 드시고 계세요."

날이 저물어가자 아빠는 아쉬운 작별인사를 한 후 할머니를 꼭 안아 주었다.

"얘, 낯 간지럽게 또 왜 이래⋯. 네 아빠가 보면 또 한소리 하겠다."

그렇게 말하면서도 할머니는 기분이 좋은지 아빠의 품에 안겨 기댔다.

"준석아, 사랑해. 사랑한다, 내 아들."

할머니의 사랑 고백에 아빠는 깜짝 놀란 듯 보였다.

"엄마가 나에게 사랑한다는 말을 이제야 처음 해주네."

아빠는 할머니의 등을 어루만졌다. 나도 모르게 코끝이 찡해졌다. 모든 부모는 자식을 사랑한다. 그 사실을 다들 조금 늦게 깨닫게 될 뿐이다. 늦어지기 전에 사랑한다는 말을 자주 해야지. 엄마, 사랑해요. 아빠, 사랑해요.

생각정거장

생각정거장은 매경출판의 새로운 브랜드입니다. 세상의 수많은 생각들이 교차하는
공간이자 저자와 독자가 만나 지식의 여행을 시작하는 곳입니다. 그 여정의 충실한
길잡이가 되어드리겠습니다.

막다른 세계

초판 1쇄   2022년 7월 8일
초판 3쇄   2022년 7월 27일

지은이   안수혜
펴낸이   서정희
펴낸곳   매경출판(주)
책임편집   송혜경
마케팅   김익겸 한동우 장하라
디자인   김보현 이은설
일러스트   이시내

매경출판(주)
등록   2003년 4월 24일(No. 2-3759)
주소   (04557) 서울시 중구 충무로 2(필동1가) 매일경제 별관 2층 매경출판(주)
홈페이지   www.mkbook.co.kr
전화   02)2000-2633(기획편집) 02)2000-2636(마케팅) 02)2000-2606(구입 문의)
팩스   02)2000-2609   **이메일**   publish@mk.co.kr
인쇄 · 제본   (주)M-print   031)8071-0961
ISBN 979-11-6484-440-1(03810)